尾崎左永子論

冷えた翳と鮮烈な朱色

Nakagawa Sawako
中川佐和子

角川書店

尾崎左永子（瑞泉寺にて　撮影／永石 勝）

尾崎左永子論　冷えた翳と鮮烈な朱色　目次

Ⅲ章

Ⅳ章

装幀　大武尚貴

尾崎左永子論

冷えた翳と鮮烈な朱色

中川佐和子

はじめに

尾崎左永子という歌人を象徴する歌として注目したのは、都市の地下鉄を詠んだ歌である。尾崎は東京に生まれて育った。言ってみれば、都市が尾崎の感性を育んできた。尾崎の都市詠は、都市と一体化してそのまま描写して詠むことによって自らの生の裡を描く。

鋼鉄の匂ひともなふ地下鉄のぬくき空気が鋪道に流る　　尾崎左永子

この歌は、「短歌研究」昭和三十二年七月号に発表して、第一歌集『さるびあ街』(昭和三十二年刊行)に収録している。

都市をテーマにして、光景を見事に伝えている。「鋼鉄の匂ひ」のまじった、もわっとした地下鉄のぬくい空気が鋪道に流れ出す。東京のここで生きているという思いが張り付く光景に尾崎の孤独がうつしだされている。この歌が詠まれた昭和三十年前後と現在では、東京は大きな変貌を遂げてきている。しかし、地下鉄のいかにも都会的な、人間と距離を置く微妙な感じというのは、歳月を経た今も変わらない。

尾崎は、自らの歌について語るときに佐藤佐太郎の教えによく触れる。平成十三年創刊の歌誌「星座」に尾崎は佐太郎について連載し、平成二十六年に『佐太郎秀歌私見』(角川学芸出版刊)にまとめた。

令和二年一月十七日に、角川「短歌」の五月号の特集の企画で、尾崎をインタビューする貴重な機会をいただいた。「短歌を語る」というタイトルだった。尾崎は、その前年に鎌倉山の自宅からほど近い、或る高齢者用の施設に入っておられた。コロナ禍のときであったが、施設から許可をいただいてそのインタビューの折に訪ねた。私が尾崎にインタビューするのは、最初に自宅に伺ってインタビューしたときからほぼ十年を経て三度目であった。私の用意した資料を一切ご覧にならないで「なんでもいいわ、なんでも聞いていいわよぉ」って、明るくおっしゃった。以前よりさらにほっそりとなさっていたが、短歌について伺うことが出来た。

インタビューが終わって、一階のロビーのソファーで尾崎と私とたまたま二人になる時間があった。佐太郎に乙女らしく憧れるなんていうことはありませんでしたかとお聞きすると、尾崎は笑って「恐かったのよ、だからただただ緊張していただけかしら」という応えだった。そして、私は尾崎の歌の柔らかな抒情を思うと「もしもですが〈佐藤佐太郎の純粋短歌〉を引き継ごうと思わなかったら、引き継がなかったら〈尾崎左永子の歌の世界〉が、その後もっと変わっていたと思われますか」とお尋ねした。そうすると間を置かず「それはねえ、もともと最初から〈佐藤佐太郎の純粋短歌〉そのもの、そして純粋さが好きだからそれでよかったのよ」とおっしゃった。ソファーに並んで座りながら心から楽しそうにお話しになった。短歌に纏わる尾崎の信念に改めて触れて、感銘を受けた。

佐藤佐太郎の教えを守っていくということは、ただ守るだけでなく教えの向う側を見て、超えなくてはならない。尾崎が直接よく耳にした佐太郎の「短歌は技術だ」というところから多くを学び、その中でも最も学んだのは、佐太郎の短歌に向き合う態度であった。それは、尾崎が語った「佐藤佐太郎が師斎藤茂吉から一番学んだのは、短歌に向き合う態度であった」というのに重なっていく。

尾崎がはじめて佐太郎の歌に出合った十七歳のときからインタビューの九十二歳まで、尾崎の詩精神はぶれず、信念というべききっぱりとした言葉に心が動かされた。伝統の詩型である短歌を愛する尾崎の歌の世界を考えていこう。

I 章

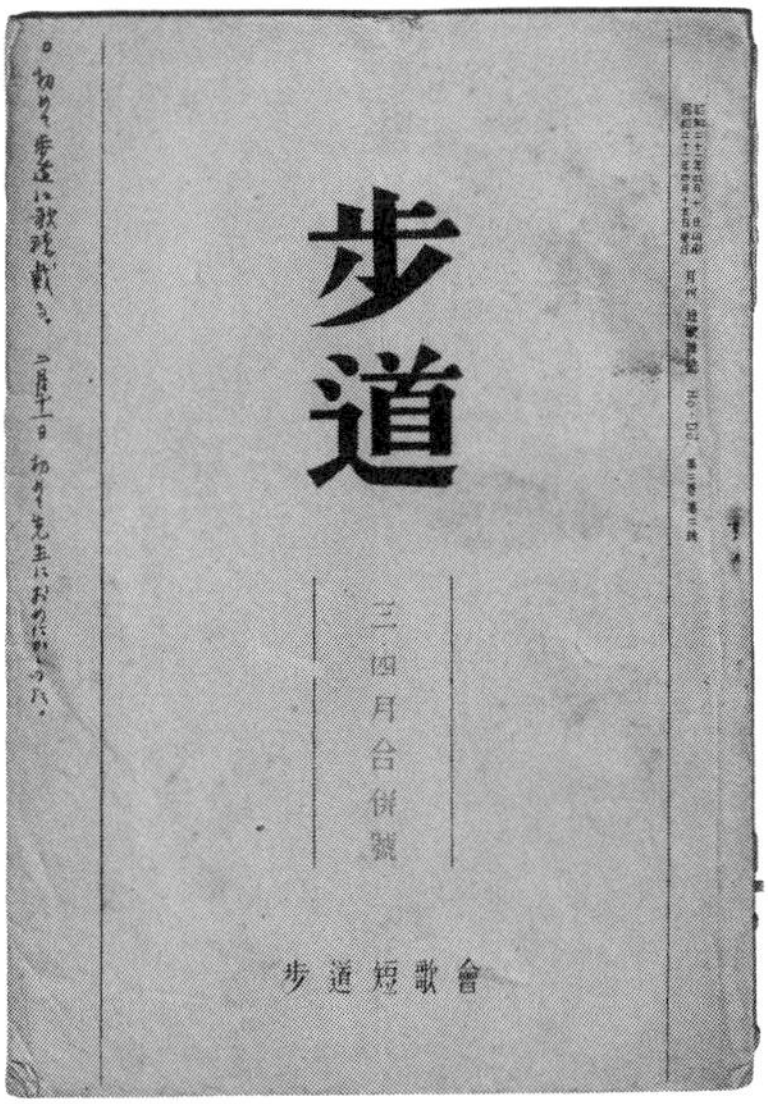

「歩道」昭和21年3・4月合併号

歌の出発　ガリ版印刷の「歩道」

私の手元に、尾崎左永子から預かっているとても貴重な一冊がある。それは、ガリ版印刷の「歩道」で、昭和二十一年（一九四六年）四月十五日発行の三・四月合併号である。その号の表紙の文字の「歩道」は縦書きの太字で、一方「歩道短歌会」は横書きである。表紙の縦に二本の直線が入っているシンプルな飾りのデザインで、B5判よりいくらか小さい172×238ミリのサイズ。右端に第二巻第二号と記され、全体三十三頁。編集後記は一頁で、その次の最後の頁に、会の「規定」が載っている。編集兼発行人として神奈川県藤沢市藤沢の角田智。印刷人は、千葉市大宮の押尾宗平、そして発行所として角田智の藤沢市藤沢の住所になっている。

この号の表紙の左端に縦一行に、尾崎の自筆のペン書きで「初めて歩道に歌稿載る。二月十一日初めて先生におめにかゝった」と、書き添えられていて、先生とはもちろん佐藤佐太郎である。裏表紙には「酒巻さゑ子」の署名が入っている。尾崎にとって、記念すべき一冊で、この号を出発点として、中断の時期はあったものの、「歩道」「運河」を経て「星座」の現在まで、昭和、平成、令和の歳月を思うと、実に感慨深い。

佐藤佐太郎は、明治四十二年宮城県柴田郡大河原町生まれで、幼時に茨城県多賀郡平潟町に移った。大正十五年に「アララギ」に入会して、斎藤茂吉に師事。昭和十五年に刊行した第一歌集『歩道』(八雲書林刊)が評判となった。昭和二十年五月、佐太郎を慕う周辺の若い歌人によって、ガリ版印刷で佐太郎主宰の「歩道」が創刊された。昭和二十三年六月より活版印刷となり、ここに佐太郎は「純粋短歌論」を執筆しており、結社「歩道」の短歌誌として今日に至っている。

先程の尾崎の出発となった「歩道」に出詠しているのは、佐太郎をはじめとして、掲載順に関口登起子、榎本順行、長谷川竹夫、高橋健吾、猪浦敏夫、若林伸行、長坂梗、長澤賀壽作、角田智、山本昭二郎、梅田敏男、伊藤惣吉、田中仁、濱田初廣、国見純生、光橋正起、田中子之吉、光橋英子、酒巻磋瑛子、中野せい子、寺尾歌子、須田輝子、日野臣子、中村行利、水上よしの二十六名である。

『尾崎左永子短歌集成』(平成三十年十月沖積舎刊)を開いてみれば、次のように記されている(『尾崎左永子短歌集成』は、第一歌集『さるびあ街』より第十三歌集『薔薇断章』、そして未刊歌集『鎌倉山房雑記』に、年譜、著書目録、初句索引のついた一冊である)。

昭和二年（一九二七年）
十一月五日、東京豊島区巣鴨五丁目に出生。父酒巻芳男（旧姓・飯島）、母壽（旧姓・秋月）の四女。四姉妹の末子、本名磋瑛子。

尾崎は、佐太郎の歌集『しろたへ』（昭和十九年青磁社刊）に本屋で出合って、

白椿あふるるばかり豊かにて朝まだきより花あきらけし　『しろたへ』

などの歌の「透明な清浄感」につよく惹かれた。尾崎が佐太郎門下になったのは、尾崎の父の友人岩波茂雄氏を介してとのことで、「はじめての歌稿が手元に返ってきたのは、終戦から何日も経っていない時だった。昭和二十年八月廿四の日付が書いてある」（『自伝的短歌論』令和元年砂子屋書房刊）と記す。

私が、尾崎の鎌倉の御自宅を何度かお訪ねしたことがあって、今より十年ほど前に佐太郎からのその大切な封書を見せていただいた。佐太郎は、昭和二十年五月に空襲で家財を失い、岩波書店を退職して郷里に帰り、その年の十一月に妻子と共に蒲田区新宿町（蒲田糀谷《こうじや》）に住み、十二月から青磁社に勤め、翌年四月に青山墓地下に転居。尾崎が、昭和二十一年二月十一日に、黒い紋付の羽織をまとった母に連れられて佐太郎を訪ねたときには、佐藤が蒲田糀谷に

住んでいた頃であった。

　昭和二十一年というと、尾崎が師として出会った佐太郎は、まだ三十代後半で、尾崎は、当時は東京女子大国語科に在学中。尾崎がその後紆余曲折を経て佐太郎の膝下を離れても、佐太郎は、「唯一無二の師」であった。尾崎自身から佐太郎のことをうかがうたびに、その出会いは運命的であったと私は確信している。『佐太郎秀歌私見』（平成二十六年角川学芸出版刊）の「序」で尾崎は、「佐藤佐太郎先生のまなざしは、ほんとうに『詩人の眼』というのにふさわしかった。（略）黒眼がちの瞳がじっと宙の一点をみつめてとどまることがあった。そんな時の眼の澄み様《よう》は、尋常一様のものではない」と述べている。佐太郎の眼の印象についての鮮烈な文章である。その存在の大きさと歌への姿勢に絶対の信頼を寄せた。

　それでは、その昭和二十一年の三・四月合併号の「歩道」に載った最初の歌をあげよう。

氷雨　　　　　　　　　　酒巻磋瑛子《サエ》

着替へつつ氷雨の音を聞きにけり起き出でし床《とこ》のあたたけく見ゆ
枯れ果てし畠の黍の一列《ひとつら》は刈られぬままに冬すぎにけり
足袋はかず土間に立てればあたたかくかまどの煙まつはりて消ぬ
沼の面にぶく光れり冬枯れて露はになりし木のあひ間より

曇りつつ夕ぐれし時庭竹のしげりさやぎて風出でぬらし
煙とも靄ともわかず夕けぶり舗道に低く降り居しづめり
夕靄は低く降り来て赤練瓦を積みあそび居し子等去りにけり
春浅き庭の木群に月照りて水底のごと心しづけし
玻璃窓を透して見ゆる星あかり更けてわが家にかへり来たれば
ひたすらに厭ひし人のなかなかにしたしく偲ばゆる秋の夜らかも

一連の十首「氷雨」である。

日常の中から題材を切り取り、描写が行き届いている。最初から端正な詠みぶりで調べも整っている。戦争が終わったすぐあとのまだ混乱していた時期に詠んでいるのだが、時代に対する絶望や希求や、そして戦後の同時期の「アララギ」でよく詠まれた感傷的な気持ちには、いくらか距離がある。それは、尾崎がまだ大学に在学中であったからで、実社会に出ていなかったことも大きい。

一首目、「氷雨」の音を聞くという聴覚から、歌い出している朝の一場面。冷ややかさと言葉の美しい「氷雨」はこの一連の題である。起き出した床を眺めているところに、新鮮な感じがする。二首目、刈りとられないままの「黍」の存在感が印象的である。季の移ろいを歌の中心に据えて詠んでいて、ここに心象を反映させている。三首目、足袋をはかずに素足をわざわざ詠むところが、意外な感じがする。ひとつの場面を言葉でうまく描き、叙情性を創り出している。四首目、冬となって木々の葉が落ちて、木の間から見える沼の光景。沼と木の間という、遠近をいかした構図をつくり、選ばれた言葉である。五首目、ある時間の経過があり夕暮れとなった。そして、「風出でぬらし」という結句は庭の竹のさやいでいる音によって知る。風について説明をしておらず、そのままを詠み、臨場感がある。六首目、さりげないけれども技巧的な歌。「舗道に低く降り居しづめり」の「低く」という把握の感性が豊かである。七首目、夕靄の景色となって、「赤煉瓦」を積んで遊んでいた子供たちが去った。この静寂さに、尾崎の孤独感がにじむ。八首目、春の浅い木群に照る月の景色を上の句に出して、静謐なイメージをたたせる。「水底のごと」という比喩を用いて、自らの心も重ねて述べる。九首目、帰路ではなく、家に着いてから眺めている「星あかり」は、ひとつの詩的な発見である。十首目、「夜ら」の「ら」は接尾語で、「夜ら」は「よ」「よる」の意味である。言葉のこだわりなのだろう。この歌は、心理的な描写が印象的である。そのままを飾らずに述べていて、リアルな感じがする。

この同号に佐太郎の「添削附言」が見開き頁で載っていて、佐太郎が頼まれて添削した歌稿の余白に記したのを再録した文章である。その中で、尾崎が鉛筆でカギカッコで括ったところを書いてみよう。

○実際に見たままを聞いたままを作れば生きた歌が出来る。
○通俗な倫理観や理論を弄したのでは、生きた、味ひのある歌にはならない。却つて平凡なやうな実際の有りのままを飾りなく言つたものに深みも味ひもある。うまく作らうと思ひ、深みを出さうと思ふのは正しい努力ではない。
○事実を有るまま見るままに現して、深遠ぶつた理論をつけないことが歌に於ては絶対に必要である。直接端的な眼、直接端的な言葉、これが初めで亦終りである。

歌を作り始めたばかりの尾崎にとって、このカギカッコで括った部分は大切な教えであったのに違いない。「事実を有るまま見るままに現して、深遠ぶつた理論をつけないこと」は、まさにその後の尾崎の歌の世界に繋がっていく。

またガリ版印刷のこの号には、「三月十日午前十時第二回歌会を蒲田区新宿町佐藤佐太郎先生の御宅に開く、会者十五名、午前中選歌を終へ、会食を済ませて引続き歌評に移る。午後四時散会せり」と角田智記による「歌会報告」が載っている。

その三月の「歌会報告」に掲載の佐太郎と尾崎の歌をあげよう。

とどまらぬ春のはやちや鋤きてある田中の泥はさながら重し　　佐藤佐太郎

わが影をわが追ふごとし夕月の白く照りたる冬の鋪道を　　酒巻さゑ子

どちらも二句切れで一首のリズムを生み出している。佐太郎の歌は、整ったリズムで、第三句から結句まで「重し」の言葉に揺るぎがない。田の泥を見ていて、視覚でありながら感覚を働かせて「重し」と捉え、鋭い把握が特徴で内面を反映させている。そして、尾崎は、「酒巻さゑ子」で歌を出している。影と鋪道に着目していて、「夕月」の叙情的な味わいが印象に残る。初句と第二句に「わが」を繰り返し用いて強調していて、「わが影」はわれの分身であるはずであるが、ここでは逆転しているかのようであって「追ふごとし」というように不思議な感受である。この号に、長澤賀壽作（一作）や田中子之吉の歌もあり、さぞかし熱気があったのだろう。このような歌会で表現が磨かれていった。

尾崎の第一歌集『さるびあ街』（昭和三十二年琅玕洞刊）より何首かあげてみよう。

芽の白きグリンピースを沈めたる水に雪ふる店先を過ぐ

携はる放送の仕事の一つにて毒蛾育てゐる室に入りゆく

遠くより降る雨移り来るみえてわがめぐりの田さやぎはじめつ
鋼鉄の匂ひともなふ地下鉄のぬくき空気が鋪道に流る
冬の苺匙に圧《お》しをり別離よりつづきて永きわが孤りの喪《も》

この第一歌集は、「松田さえこ」として刊行。昭和二十五年に「大学時代の演劇仲間」と結婚後、昭和三十一年に離婚して実家に戻り、NHK台本作家となって自立した。歌集にちょうどその時期の歌を収録しているが、ガリ版印刷の頃の歌はこの時期より早いので収録されていない。

一首目、「短歌」昭和三十一年四月号の初出。視覚的な歌で、雪の降りこむ冷たい水に浸ったグリンピース。その緑についている芽の白さと雪の白。色彩の取り込み方が巧み。そして、色彩だけでなく、八百屋の店先の「グリンピースの芽」と雪の取り合わせも優れている。二首目、「短歌」昭和三十一年八月号の初出。放送にかかわる仕事の現場の歌で、「毒蛾育てゐる室」の表現が独特である。どういう放送内容かなど余分なことは一切述べておらず、その場面だけをいかしていく。下の句の具体の利かせ方が今読んでもはっとさせられる。三首目、初出は「歩道」昭和三十一年九月号。時間の経過につれて、雨を通して遠景から近景まで視点を移していき、動画をみているかのように感じられる。遠くの世界から現実の世界へ踏み入れたかのようである。景色を詠んで歌に透明感がある。四首目、初出は「短歌研究」昭和三十二年七月号。「鋼鉄の匂ひ」の無機的な感じから、体感を通して歌を動かしている。もわっとした生温い地下鉄の空気が、階段や通気口を伝わって、流れ出てくるのである。さらに言えば、人間が作りだした「都市」であるが、いいようのない怖れがこの歌に潜んでいる。「都市」を詠んだ歌に、私は尾崎の大きな特色があると思って読んできた。都市の具体物である「地下鉄」は、無機的、圧倒的で、有無を言わせない存在感。その「地下鉄」に対して、都市部で暮らす生活者としての眼を働かせつつ、心の内側の寂寥感を滲ませてじんわりと伝える。しかし、無機的な感じを尾崎はどこか拒むものがあるのだろう。この歌には、この後も尾崎が歌い継いでゆく都市詠の空間把握の鋭さがみられる。

五首目、初出は、「短歌研究」昭和三十二年七月号。「冬の苺」は、この昭和三十二年当時であれば珍しいものであった。苺を匙でつぶしながら、「別離よりつづきて永きわが孤りの喪《も》」と端的に述べる。「わが孤りの喪《も》」の悲傷を帯びた孤独感。心の痛みと心の声と「別離」の後を生きていく覚悟を告げている。

佐太郎から尾崎が学んだことの一つに、「ものを見る目」がある。そして、佐太郎の「感動」とは、「透徹した直観力によって感情の核心を見ること」という教えを継いできた。尾崎の歌は、伝統の詩型としての韻律の美しさを保ち、確かな表現でありながら自在である。この昭和二十一年から遥かな歳月を経て、陰翳を深めつつ詠んできた。尾崎は、歌の出発から、詩精神においてぶれることがなかった。言ってみれば、社会の風潮に流されずに「感情の核心」、つまり生きるということの核心を見つめつつ、豊かな作品世界を創ってきたのだ。

（「星雲」２０２０年3月号）

「歩道」の歌の展開　冷えた翳と鮮烈な朱色

茂吉の写生・佐太郎の写生

尾崎は、後年に佐藤佐太郎の教えを若い人たちに伝えるために『佐太郎秀歌私見』（平成二十六年角川学芸出版）を刊行した。その中で、尾崎は佐太郎について「佐太郎が育って来た短歌の温床は、いうまでもなく『アララギ』における『写生』の説である。とはいえ、同じ『アララギ』の中でも、島木赤彦の写生でもなく、土屋文明の写生でもない。一筋に斎藤茂吉の『写生』である。茂吉は『短歌写生の説』で、『写生』の語を写実と区別して、『実相に観入して自然・自己一元の生を写す。これが短歌上の写生である』と言い、一般に『見たまま、あるがままを写す』と受け取られがちな『写生』を戒めた」と尾崎は述べている。さらに尾崎は、茂吉の論をすすめた佐太郎が「観る」を「直観」という語で説明していて「ものの本質に迫る」ということを佐太郎自らの歌論としている、と捉えている。

ここで、今西幹一著『佐藤佐太郎の短歌の世界』（昭和六十年桜楓社刊）から次のところを引いてみよう。（『歩道』は佐太郎の昭和十五年刊行の第一歌集）

『歩道』期、佐藤佐太郎は一人の都市移住者としての、機構化されつつあった近代社会の容易に容れられざる人としての無頼、懶惰、頽唐の断崖に危うく立ち、自己の無為、倦怠、憂愁の情へ閉塞されかねない青春の日々の生活と日常を、作歌生活を課すことと、その中で都市路傍の矚目的自然、羇旅による生新な自然と出会うことによって、精神を開放させ、平衡を保ち、救抜させたのである。

ここで、佐太郎の歌集『歩道』期について述べているなかで注目するのは「一人の都市移住者」「近代社会」「都市路傍の矚目的自然」である。佐太郎はこののち昭和二十三年六月号の「歩道」より執筆をはじめた「純粋短歌論」の姿勢を崩すことはなかった。ここで尾崎は「詩への純粋回帰」に追従したが、根本的に異なるのは尾崎が「東京生まれの都市生活者」であり、戦後になって歌を詠みはじめたことである。

佐太郎は、俗に繋がる表現を取らず、作品の背景に触れず直観を大切にした。歌う題材も日常の生活の中から、例えば風や雲や光や鋪道や樹木など内面をしっかりと反映させた選びであって歌におのずと陰翳がうまれた。佐太郎は深い孤独感を持っていて、生の深淵に言葉をどのように届かせるかを求めた。しかしながら、日常身辺のモノに対して「ものの本質に迫る」までの「直観」の力を持ち合わせることが出来たのは佐太郎だけであった。そういう佐太郎の表現方法を学び、尾崎が歌人として世界をひろげてゆくことが出来たのは、佐太郎門下の中で才気が際立っていて、芯のしなやかな強さをもっていて、言葉を紡ぐときの語感の鋭さとモノを描写する力によって詩的な感動をとらえることに優れていたからといえる。

「歩道」の出発

「歩道」は、昭和二十年（一九四五年）五月に、ガリ版の印刷で佐藤佐太郎のまわりの若い人たちによる、佐太郎主宰の月刊機関誌として創刊された。そして、「歩道」は、昭和二十三年六月号から活版印刷となった。そして、その活版印刷となった「歩道」に、佐太郎は「歩道」の理念ともいうべき「純粋短歌論」を連載した。これは言ってみれば、戦後の第二芸術論に対する反論だったといっていいだろう。

尾崎は、佐太郎の第三歌集『しろたへ』（昭和十九年）の魅力の虜となり、師とするならば佐藤佐太郎と心に決め、尾崎の父の友人である岩波茂雄に佐太郎を紹介してもらった。当時戦争が激しくなって、佐太郎は茨城の郷里に一家で疎開していた。尾崎は、佐太郎の許しを得て昭和二十年の初夏の頃、初めて原稿と自分の写真を佐太郎に送った。そして、「歩道」昭和二十一年三・四月号が尾崎左永子の最初の投稿だったので、昭和二十三年六月号から毎号の「純粋短歌論」を当時リアルタイムで読んでいたことになる。それは尾崎にとって大きな影響力であつた。

尾崎は昭和三十二年に第一歌集『さるびあ街』（琅玕洞）を刊行した。その前年である昭和三十一年の「短歌」六月号の「新しい短歌と詩的体験」に、尾崎は「感動の初々しさ」を「松田さえこ」の筆名で執筆している。その中で「詩の精神は自らに厳しくなければならず、あらゆる不純物の除去を自からに強ひる。社会性も何も、目の前に立ちふさがる事はない。在るものは鋭い、純粋な詩人の感覚のみである。その感覚が捉へた感情の波動に、内面から湧いて来るごく自然な表現を与へたのが、真の短歌でなければならない。その時に、日常の思想も理論も生活態度も、渾然一体となつてその表現を支へるのだと思ふ。（略）心から短歌の新しい生命を希求するなら、徒らに素材の新奇を追つてみてもはじまらない。詩の新しさといふ事は、素材にあるのではなくて常に『感動の初々しさ』にあるのでなければならないからである」と述べている。昭和三十一年頃の尾崎は、結婚生活において、離婚というひとつの大きな波のあつた時期である。短歌の真の新しさ、詩の本質とは何かを、突き詰めていこうとし、尾崎は、「純粋な詩人の感覚」を求めた。ここに、尾崎は自らの短歌の視座を据えた。

佐太郎の「純粋短歌」と尾崎の情念

佐太郎は「ことばの響き」や「息づかい」を大切にして「単純」ということ、ものを見る眼、

言語の感情、表現において言葉を「削る」ことなどを教えとした。『佐太郎秀歌私見』の中で佐太郎の「純粋短歌」について、

「『単にして純』であることこそが『詩』の本質だという、基本的な認識が存在する」更には「詩の実質である感動、生のリズムの核心は、一つの直観像」また「短歌は純粋な形に於いては、現実を空間的には『断片』として限定し、時間的には『瞬間』として限定する形式である」そして「その形式によって表現すべきものは、自らの内に生ずる生命の律動、感動である」

と記した。さらに、尾崎は「千三百年もの昔から、五七五七七の形を保ちつづけて来たということは、日本人の心情を表わすのに最もふさわしい、完成した形式であるともいえる」と強く述べ、佐太郎のこの教えを、尾崎は、作歌の中断の時期があっても現在に至るまで守ってきた。第一歌集刊行まで、つまり昭和二十年代から三十年代の「歩道」に掲載となった尾崎の歌を読むと、佐太郎の「純粋短歌」の表現方法に尾崎は心酔してその方法を修練しつつ溢れる思いを歌にしようとする姿が見えてくる。尾崎は溢れてくる捉えがたい感情に敏感であって、言葉にするときに流露するままではなくて、佐太郎の表現方法を「重石」として表現したのである。これは尾崎の短歌を大きく花開かせていった。しかし、その一方で表現を広げようとする

ときの課題となったにちがいない。

戦後になって「歩道」に尾崎が歌を出詠してから、第一歌集を刊行するまでに、十年程の月日を経ている。尾崎の年譜で言えば、昭和二十五年に結婚、昭和二十九年に第二回「短歌研究賞」そして昭和三十年に第一回「角川短歌賞」に応募した。応募については特選や受賞ということにはならなかったが、それ以降総合誌に歌が多く掲載された。

昭和二十年代半ばまでの尾崎は、絵、声楽、そして歌舞伎、能、詩などさまざまなことに関心を寄せていたが、短歌は師佐太郎との出会いが決定的で、さらに取り組んでいく。やがて、昭和三十一年に離婚し、ＮＨＫの放送台本の執筆の仕事を得て社会的な自立を求めつつ生きてゆく姿が見えてくる。佐太郎の歌の影響を受けつつ、実生活の背景や細部をそのまま歌に出さず、愛憎、つまり愛とかなしみがこの歌集のなかで、キーワードとなっている。時折、感情を強く抑えながらも、言葉があふれ出している。つまり、歌が尾崎の情念の濃さを語っているのである。

そして、もうひとつ明確なのは、尾崎の第一歌集全体として言葉が切実さを伴って重く響いてくるが、湿った暗さはない。父が内務省（後に宮内省）に勤めていたとか、母方の祖父（母の実父）は明治天皇の侍医であったとか、出自のよさもあって、また東京女子大時代の尾崎の綽名が「ホープ」というくらいであって、もともと明るさを持ち合わせていたのだろう。そして、また自立していくだけの力をつけて前向きに進んでいこうとしていたからである。

佐太郎は、第一歌集『さるびあ街』の序文の中で「かつての女学生が女子大学生になり、それから社会に出て、やがて結婚生活に入つたのであるが、その間松田さんは不断に作歌を継続したのではなく、作歌を休んだ期間があつた。それは松田さんが聡明で、何をやつても一応こなすだけの才能に恵まれてゐるためであつただらう。併し松田さんは、結婚生活に入つてからいよいよ真剣に作歌をされるやうになつたので、結婚生活は必ずしも幸福ではなかつたかも知れぬが、その代償のやうな歌をいくつか作られた。(略)『さるびあ街』といふ書名にみられるやうな才気が、底の方にしづむのがよいか、よくないか、それは私にもよくわからないが、兎も角も新進としての実質を盛つたこの新歌集の門出を祝福する」と述べている。

「短歌」編集者の中井英夫から歌の依頼があって、タイトルを「サルビアの街」とつけたところ、中井が「サルビア街」と提案しそれで発表した。そのタイトルを現代調だと尾崎は気に入っていて、歌集題を「さるびあ街」にしようとして、佐太郎に申し出た。そうしたら「なんだこの『モルグ街の殺人』みたいなのは」と激怒なさったので、尾崎はじっと黙って下を向いていた。お互いの数十分の沈黙ののちに佐太郎は許してくださったと以前伺ったことがある。歌集題によって、佐太郎の怒りをかってしまったが、この歌集の序文が、尾崎にとってどれだけの励みになったことか想像できる。

「歩道」の歌

「歩道」の尾崎の歌を追っていくと、理由は定かではないが筆名をいろいろとかえている。「歩道」のガリ版印刷の昭和二十一年三・四月合併号に初めて載ったときは酒巻磋瑛子《サエ》（これは本名で片仮名のルビをつけている）、それ以降では酒巻さゑ子・酒巻さえ子、結婚後は松田さえ子・松田さえこ・松田さえ子・松田さえこ、というように次々とかわり、離婚後の昭和三十一年五月号、同年六月号は酒巻さえこ、それから同年七月号から松田さえこにまたかえている。歌集の刊行は、松田さえこである。このように名をかえることについて尾崎に尋ねたら「あら、そうだったかしら」とその時は、はぐらかされた。本名だと漢字をまちがえられることがあったので、少しかえたようだが、自分にとって、ぴったりする名を選びたかったのだろう。

「歩道」が活版印刷となった昭和二十三年六月号から、第一歌集『さるびあ街』の歌を収録している「歩道」昭和三十二年六月号の作品まで（歌集の「後記」には、昭和二十五年から昭和三十一年の作品の中から選んだということだが、昭和三十二年に発表になった作品まで歌集に含まれる）をそのまま掲載順に多くとりあげてみよう。第一歌集まで、どのように表現を創っていったのかその姿が見えてくる。

（歌集の歌の表記とは異なった歌もあるが「歩道」に掲載となった歌の表記によった。歌に付記したのは「歩道」の作品発表の昭和の年と掲載号である）

①昭和二十三年・二十四年までの歌

かなしみて歩み来しときさんざしのつぶらなる実に雨そそぎをり　23・9
変りなき日々の合間にひらめきて光のごときさきはひがあり　23・9
桐の花道に落ちゐて匂ひ立つ朝光きよくさしくるところ　23・9
鋼色のとかげがをりてまひるまの石垣下の赤土の上　24・4
貝殻の点々として白く光るこの砂の上に夕日さしくる　24・4
石鹼がうすく匂ひて洗濯を了へたる姉が部屋に入り来る　24・12

ここにあげた六首は歌集に収録していない。昭和二十三年と二十四年の歌の数は少なく、昭和二十五年の歌から歌集に収録。一首目の「かなしみて歩み来しとき」の「かなしみ」は、日々の中からうまれる哀感であろう。こういうところは佐太郎の言葉だろう。感傷的な気分である。第三句からは、さんざしの実に降る雨を「そそぐ」と動詞を工夫している。佐太郎の歌集から二首をひいた。

いつしかに心がなしき夕雲《ゆふぐも》の幅《はば》せばまりて暗くなりたり
佐太郎『歩道』昭和13年作

はるかなるものの悲しさかがよひて辛夷《こぶし》の花の一木《ひとき》が見ゆる
佐太郎『帰潮』昭和24年作

佐太郎のかなしさは、茫漠としている。暗さを表すのに「夕雲の幅」に着目しているのがひとつの詩的な発見であろう。佐太郎の二首目は、辛夷の咲く一本がまるで「はるかなるものの悲しさ」そのもので、比喩のように用いている。

この佐太郎の辛夷の歌を読むと次の対談が浮かぶ。歌誌「星座」五十二号（平成二十二年一月一日発行）に、岡井隆と尾崎との新春対談が掲載された。タイトルは「『佐藤佐太郎』と『短歌界の今』を語る」である。その中で、「薄明《はくめい》のわが意識にてきこえくる青杉《あをすぎ》を焚《た》く音とおもひき」（佐藤佐太郎『歩道』）の歌をとりあげて「尾崎さんも書いておられるし、僕もつくづく思うのだけれど、これは、文体の面白さですよ。『薄明のわが意識にてきこえくる』って何だろうと思っていると、『青杉』が出てきて、『焚く音とおもひき』と締める。こういった文体の面白さは、晩年まで変わらない」という発言を受けて、尾崎は「それこそが佐太郎の技術なんですよね」と応えている。ここにあげた「はるかなるものの悲しさ」を「辛夷《こぶし》の花の一木《ひとき》が見ゆる」に収束させて詠むのも同じである。佐太郎の歌について、共に「青杉を焚く音」や「辛夷の花の一木」という具象がいきている。

さて、ここにあげた尾崎の歌に戻るが、四首目の「鋼色のとかげがをりてまひるまの石垣下の赤土の上」について、尾崎にとって珍しい題材である。静止しているとかげの「鋼色」と、石垣の下の赤土の「赤」の色の対比の美しさ。とかげを手で触れるわけでなく、目で見ているだけであるがひんやりとした、色彩をいかした感触である。

かなへびといふ蜥蜴《とかげ》にて萩むらのかわける土にかくろひ行けり

佐太郎『しろたへ』昭和17年作

さらに、ここに佐太郎の「かなへび」の歌をあげてみた。この「かなへび」は、動きを時間に沿って描写する。そして「萩むらのかわける土」に隠れていった、この小さな生き物のいのちを見つめている。一瞬の出合いではあったが、かなへびのその後も想像させる。おそらく、尾崎はこの佐太郎の歌を意識したのに違いない。

それでは、尾崎の「歩道」の歌に戻ろう。

尾崎の二、六首目、尾崎は四人姉妹の末で大事にされてきた。戦後にさほどの生活の苦はないと言ってよく、「光のごときさきはひ」の恵まれた日であった。六首目では、「石鹼がうすく匂ひて」がとてもリアルである。姉の歌はこの一首のみで歌集に収録していない。三、五首目、朝の光の差すなか、地に落ちている「桐の花」の香が優美な感じがするし、砂に取り合わせた夕日と貝殻の白が効いている。

②昭和二十五年

地平近く火星燃えつつ夜の道に抱擁の後の虚しさが来る　25・5
あらあらしき春の疾風や夜しろく辛夷の蕾ふくらみぬべし　25・5
美しく己が若さを生きんかな木々おしなべて新芽萌えつつ　25・6

昭和二十五年七月号から十二月号まで「歩道」に出詠がない。ここにあげた歌では、二首目は歌集の巻頭歌である。辛夷は、モクレン科の落葉高木で花が咲くのは、日本の各地で違ってくるが、三月頃ぐらいからである。「辛夷の蕾ふくらみぬべし」と強く言い切っているところに、未来に向けて強い願望が感じられる。

すがすがとしたる辛夷《こぶし》にちかづけば暖き日ににほふその花

佐太郎『立房』昭和21年作

佐太郎のすがすがしい辛夷の歌をあげた。「ちかづけば」という距離感がよく、辛夷の花の香に焦点をあてている。尾崎の歌は、春の疾風と辛夷の取り合わせに工夫がみられる。尾崎の一首目と三首目は歌集未収録。昭和二十五年に結婚式や結婚そのものを詠んだ歌は、歌集に収めていない。題材を意識的に選択して、境涯を詠まない。新婚の日々の歌でも心弾みは感じられない。尾崎の自筆年譜によれば「結婚するも最初から違和」と客観的に記されている。尾崎も佐太郎に従って、実生活をそのまま詠まないという意志をとおしている。

尾崎の一首目の歌がひんやりとしている。「抱擁」のシーンではあるが、自らは「虚しさ」を感じるという、きわめて理知的な捉え方である。三首目、「美しく己が若さを生きんかな」というフレーズは今読んでも、この言い放った若さが新鮮に響く。この歌が歌集に収録されていないのは残念な気がする。美しく自らの若さを生きようと思うのは、飾りのない思いで浪漫性も感じられる。そして、木々の湧き出てくる新芽の生命力を自らに重ねて「己が若さ」を自己認識している。佐太郎は言葉の飾りを嫌ったが、この歌で用いられている「美しく」は決して言葉だけではない。

③昭和二十六年

うら枯れし草原は黄に映えながらいつしか寒き夕ぐれとなる　26・2
湯上りの化粧ひしながら居るときに悔恨の如き思ひ出が湧く　26・4
年を経て相逢ふことのもしあらば語る言葉も美しからん　26・4
月の色赤くみえゐて露はなる冬木の影が長くさし来つ　26・4
坂の下遠く家並は続きつつ低き曇りは夕暮れんとす　26・6
愛憎を超ゆる思ひの世に在りや家をめぐりて疾風吹く夜　26・6
草萌ゆる道来て思ふをとめにて在りし日君は吾を愛しき　26・7
絶間なく楠の若葉に音しつつ風ある今朝は何を恋ほしむ　26・8
雲の行き時の如くにしづかにて激情われにふたたびはなし　26・8
草の上に風わたる音かすかにて茅花の穂絮日に光るみゆ　26・9
熱保つ夜の鋪道よ遠空に幕状放電の光しながら　26・10
還らざる愛とも思ひ時を経てなほをりふしは寂しかるべし　26・10
少しづつ潮ひきゆけば渚べは砂なめらかに光を保つ　26・11

昭和二十六年の歌を十三首あげた。

この結婚後の時期の歌は「愛憎」にかかわる歌が増えてゆき、「歩道」に発表する歌が増えてくる。二首目の「湯上りの化粧ひ」の歌は、身だしなみの気遣いにはっとさせられたが、歌集に入れていない。一、三、八、十一、十二、十三首目の歌を歌集に収録。

歌集では、意図的に歌の並びを変えている。例えば、八首目の「絶間なく」の歌は、初句を平仮名の「たえまなく」と直していて、歌集『さるびあ街』の巻頭歌の次に置いて、「たえまなく楠の若葉に音しつつ風ある朝は何を恋ほしむ」。巻頭歌の「辛夷のつぼみ」は、春の疾風の中でこれからのことを予兆させる具体であった。この歌の「何を恋ほしむ」がまさにこの歌集の求めていた思いなのだろう。

一首目、自然描写が的確で巧みである。歌集では「うら枯れし」は「末枯れし」というように、「うら」は漢字で表記され、ルビをつけている。「草原」の色は黄色に映えて時間の経過によって夕暮れに包まれる。二首目では「悔恨が湧く」のでなく「悔恨の如き思ひ出が湧く」という婉曲な言葉。「湧く」という動詞に工夫があり、言葉で言い難い思いなのだろう。三首目、この歌が、結婚の翌年の歌だったとは思っておらず、「歩道」を読んで、はじめてわかった。「もしあらば」なので「相逢ふ」ことはないとおもうものの「もし相逢ふことがあるのならば」という仮定で、哀切である。相逢うことを秘かに願っていないのであれば、こういう言葉は浮かんでこない。叙情的な心理を感じさせるこういう歌を、尾崎は独自に開いていったと言える。
四、五、十首目の、月の赤さと冬木の影、坂の下に続く家並の景色のたたせ方、そして「草の上に風わたる音」という聴覚から「茅花の穂絮日に光るみゆ」へ視覚を用いて展開する。それぞれ自然描写の把握の確かさによって、景色の細部が見えてくる歌になっている。
ここで、佐太郎が尾崎の歌をとりあげている、昭和二十六年十月号の「歩道毎月抄」という作品評欄の二首を、ここに抄出してみよう。

熱保つ夜の鋪道よ遠空に幕状放電の光しながら　「歩道毎月抄」26・10

鋪道にはまだ昼のほとぼりの残つてゐる浅宵で、遠くにしきりに稲妻が見えるといふのだが、その稲妻は低く棚引いてゐる雲の上に幅広く立つのである。それを「幕状放電」と言つたので、この表現は割合に状態をつかんでゐると思つて注意した。稲妻はこの歌では、点景であるが、かう表現されてやはり一種の気分を出してゐる。第二句を「よ」と言つて一旦切つたから、結句の「しながら」が落着いてゐる。然し第一句「熱保つ」はやや安易だと思ふ。

そして、昭和二十六年十一月号の「歩道毎月抄」では次のように佐太郎は記している。

少しづつ潮ひきゆけば渚べは砂なめらかに光を保つ　「歩道毎月抄」26・11

三句以下は実に良い。物を見る眼に詩がある。一二句はどういふ状態だが《ママ》、ちよつと理解しにくい。徐々に潮が干てゆくのだらうと思ふが、ここで相当の時間的経過を持つた状態を言ふのが問題だと思ふ。或は「少しづつ」といふ句が邪魔になるのであらうか。

一首目、この「幕状放電」について、言葉の粗さの指摘があるかと思ったが、佐太郎は「割合に状態をつかんでゐる」と評する。ここは尾崎にとっては、新たな表現の挑戦であった。二首目、初句の「少しづつ」からはじまって、時間の繋げ方に余韻を持たせている。第三句「渚べは」と下の句の「砂なめらかに光を保つ」はとても巧みではあるが、佐太郎の歌の雰囲気に似ている。この「歩道毎月抄」に取り上げられるほど注目されていた。

④昭和二十七年・二十八年

懐疑もなく新婚の歓びを詠める歌羨しめば吾が老嬢の如し　27・2

みかんなど交りし芥の塊が橋をくぐりて流れて行くよ　27・2

幅ひろき夫の背に従ひて或る日曜の映画館に入る 27・4
きざし来る悲しみに似て硝子戸にをりをり触るる雪の音する 27・5
思ほえず街に出逢ひし君思ひ夜の厨に顔洗ひをり 27・6
愛を欲り寂しく居ればある時は鏡に写る己を憎む 27・8
くろぐろと過ぎゆく貨車はわが窓に重量のある響きを伝ふ 27・8
飛行音過ぎゆく夜半に生唾の湧き来る如く戦を回想す 27・11
いなづまの折々光り湯上りを柔らかになりし足の爪剪る 27・11
路上電車のきしり折々聞えくる夜更足冷えて夫を待ちをり 27・12

昭和二十七年の歌をここに発表順に十首あげた。注目するのは、柔らかく身体の感覚をいかしたところで、尾崎の歌がかわりつつある。例えば、八首目の飛行機の飛ぶ音がして、「生唾の湧き来る如く」にとてもリアル感がある。九首目、稲妻が折々光る夜、入浴ののちに「柔らかになりし足の爪剪る」という身体を描写、十首目は自らの心の寒さも感じられる「夜更足冷えて夫を待ちをり」など。こういう身体のなまなましい感覚によって、心情がよく伝わる切り取りになっている。

歌集に収録となったのは、四首目の「きざし来る」、七首目「くろぐろと」の二首のみである。

連結を終りし貨車はつぎつぎに伝はりてゆく連結の音

佐太郎『帰潮』昭和22年作

尾崎は、七首目の「くろぐろと過ぎゆく貨車はわが窓に重量のある響きを伝ふ」の重い響きや十首目の「路上電車のきしり折々聞えくる夜更足冷えて夫を待ちをり」と路上電車のリアルな軋《きし》る音を詠み、佐太郎の表現を取り入れていることがわかる。佐太郎の歌は、貨車が連結器で繋がれたときの鉄の重みのある音であって、次々と伝わるというのも一瞬のことでなく、時間の奥行があり、貨車のまわりの音の伝わっていく空気まで感じさせる。

一首目、新婚を歓ぶことに疑いのない人を羨ましく思うのである。自らを「老嬢」というのは、突飛な面白さがあって、かなり自虐的である。こういう意外な表現が尾崎にはじめて出てくる。二首目、芥が橋の下をくぐる場面に注目した。都市生活者の目の利いた、ひとつの日常光景である。結句で用いられている口語の「流れて行くよ」のリズム感のある軽さがいい。三首目は、映画を共に観に行った夫。「幅ひろき夫の背」に信頼が感じられる。しかし、六首目「愛を欲り寂しく居れば」、十首目の「路上電車のきしり」や「夜更足冷えて夫を待ちをり」に見られるように、結婚生活においては齟齬を感じている様子がみられる。四首目の「きざし来る悲しみ」を、この結婚生活で持ち続けることになる。ほのかに感じる悲しみであるが、そのひとつひとつをあげて、理屈で説明できることではない。ひたひたと伝わってくる苛む思いであって、日々の「悲しみ」こそ身にしみて辛いことであった。五首目、「街に出逢ひし君」を思い、厨で顔を洗って自らの現実の生活に戻っていく、そういう心境が読み取れる。六首目、愛を欲してさみしくなる自らを鏡に見て憎みさえする。八首目、思わず空襲を思い、戦争に対して生理的な嫌悪が湧くのである。

いさかへばたはやすく死を思ひつつ雑草枯れし線路を歩む　28・1
泣くことのひとつ慰めとなる日ありかく生きをりて霜月終る　28・2
黄菊活けて旅より帰る夫待つ夜心弾むといふにあらねど　28・2
愛憎はなほ絶ち難く木蓮のゆらぎて咲ける宵闇に佇つ　28・6
愛憎を超えんとしつつ平らぎて物言ふときにきざすかなしみ　28・6
まれまれに夫と向へる朝の膳に熱き味噌汁の椀にしむ音　28・7
かつての日君と来りし丘をゆく真上よりわが日に照らされて　28・9
過ぎ去りし愛を想ひて佇みぬ薄暮となりしこの丘の上　28・9
草踏みてわが来り立つ丘の上反照のなき港がみえて　28・9

花薔薇明かるく咲けり夕映ゆる外人墓地のこの丘の上　28・9
過ぎ去りし愛の記憶に繋りて無花果の葉に雨そそぐ音　28・10
朝凪の湾をへだてて日に照らふ遠き岬の赤き土崩《つちく》え　28・10
あたたかき日の匂ひする草群に散りくる桐の黄ばみたる葉は　28・12
秋寒き夕べよ厚き層をなす雲の裂目の暗きくれなゐ　28・12
葉脈のあらはにみゆる柿紅葉明かるき昼の雨に濡れゐる　28・12

次に昭和二十八年の十五首をあげた。自然描写の歌と共に「愛憎」や「過ぎ去りし愛」に拘った日々の歌が並び、感情に焦点をあてた詠み方である。『さるびあ街』は、ほぼ編年体で構成しているが、五首目の歌は、意外にもこの歌集の三首目に置かれていて、心情が強く伝わり愛憎に耐えている姿が見えて来る。こういう漠然とした「かなしみ」は消えることはない。この中で、歌集に収録したのは、五、六、九、十一、十二、十三、十五首目である。

味噌汁をあたたかに煮てすするときわが幸は立ち帰り来ん

佐太郎『立房』昭和20年作

ここにあげた佐太郎はあたたかな味噌汁である。一方尾崎の六首目の「まれまれに夫と向へる朝の膳に熱き味噌汁の椀にしむ音」の歌では、「まれまれ」にしか夫と朝の膳を共にしておらず、「熱き味噌汁の椀にしむ音」という意外な、おそらく感覚的な音のとらえ方である。そういうかすかな音しかしない、夫との朝の膳で、虚しさにみちている。

一、二、三、四首目、諍いをして死を思うまで追い詰められること、泣くことがひとつの慰めであること、心の弾まないまま旅より帰る夫を待つこと、そして絶ち難い愛憎に苦しむ。これらの歌を歌集に入れていないのは、直情ではあるが詩情がやや薄いからだろう。

七、八、九、十首目の歌は、横浜に出かけた折の歌。横浜の少し高台にある外人墓地のわきを通って、公園に行けば横浜港が見下ろせる。「過ぎ去りし愛」の記憶に繋がるという、ひとつの物語のような連作である。「過ぎ去りし愛」の歌は、十一首目の方を歌集に入れていて、無花果の大きな葉に雨が降り注ぐという具体的な自然描写である。降り注ぐ雨の音に内面の揺らぎが出ている。十二首目、遠い岬にみているのは、「赤き土崩え」である。距離があるものの、この景に心が寄っていっていて「土崩え」だからこそ、堪えている心がとらえるのだろう。十三首目、桐の葉の様子が的確に描写されている。「あたたかき日の匂ひ」の嗅覚から「桐の黄ばみたる葉」の視覚へ転換する歌である。十四首目、厚き層をなしている雲、その「雲の裂目」に見えている空の「暗きくれなゐ」。こういうところは景色の意外な発見であって、沈みがちな心が反映されていると言っていい。十五首目、丁寧な描写をしている。「葉脈」がみえている「柿紅葉」、それが、明るい昼の雨の中にあって構図の明確な歌である。瞬時に見た光景を映像化している。

⑤昭和二十九年

こぶのある梧桐の冬木石垣に影つくりをり昼街来れば　29・2
孤独なる心語らむすべなくてかすかなる夫の寝息聞きゐる　29・3
愛情を口にするとき虚しくて硝子戸滑る雨を見てゐし　29・3
不吉なる予感もたらす春の嵐過ぎてふたたび寒き夜となる　29・4
幸はささやかにして還り来む靄のしづめる夕街行けば　29・4
木群吹く疾風きこゆる暁に唇かわきめざめてゐたり　29・4
月に照る夜の白雲ありありと見えつつ暗き糸杉が立つ　29・5

昭和二十九年は、第二回「短歌研究賞」五十首詠に応募した。「歩道」でも多く歌を作っている。「孤独」や「愛情」や「不吉」などの言葉を用いて心情を告げている。二、三、四、七首目を歌集に収録。

昼すぎの不吉《ふきつ》なる春の曇日《くもりび》に約束ありて家いでて行く

佐太郎『帰潮』昭和22年作

この歌は、佐太郎の鬱々とした内面を切り取る。背景を描いておらず「不吉なる」というのは「春の曇日」ではあるが、内面を告げていて唐突である。尾崎が「誰もが言うように、佐太郎は東北人特有の無口」そして「発することばの一語一語もまた、ずしりと重いのである」(『佐太郎秀歌私見』より)と述べている。「不吉」というのも鋭く感受した言葉であって、同じく「ずしりと重い」のである。その佐太郎の歌の言葉を尾崎は四首目の「不吉なる予感もたらす春の嵐過ぎてふたたび寒き夜となる」に用いて、春の嵐が不吉な予感をもたらすという。「予感もたらす」という婉曲な言葉をいれたところが尾崎流の工夫をしたところであって、夫との間の不穏な、言い難い空気感である。

一首目、「こぶのある」を初句に置いて、石垣に落ちている「梧桐の冬木」の影の形を読者に目でみたように想像させる。二首目、眠っている夫に孤独を告げることもない。自らの孤独感がだんだん増してゆく。三首目、愛情を欲することを口にするときの虚しさ。心の奥からの思いである。硝子戸を滑るように伝わって落ちていく雨、そういう目の前の景色に心情をうまくとかしている。五首目、靄の沈んでゆく夕方の街の静けさに、ささやかな幸が戻ってくることを願っているのだろう。六首目は「唇かわき」に注目した。昭和二十七年あたりから出てきている、こういう身体の表現方法に、広がりを得ていて柔らかな感受である。歌集に入れてないのは、上の句があるひとつのパターン化しているからだろう。七首目、「夜の白雲」と「暗き糸杉」という景色に託した、冷え冷えとした心の有りようがよくわかる。

梧桐の向うはなべて夜の霧梧桐は黒くその葉を垂れて　29・11
昆虫の触覚《ママ》の如き雌蘂もつカーネーションをこよひ購ひ来し　29・11
街なかに別れ来りてしづかなる夕雲見をり電車の窓に　29・11
沼こえてすでに黄ばめる葦原をみつつ歩めりここも葦原　29・12
茎紅きまま枯れてゆく犬蓼をこの沼岸にみつつ過ぎゆく　29・12
暑き頃花ながかりし百日紅忘れてゐるしが黄葉してをり　29・12

昭和二十九年後半の歌から。ここにあげた歌の一首目から五首目まで歌集に収録。六首目のみ歌集未収録である。

一首目、「夜の霧」の用い方がとても巧みである。一首全体モノトーンの世界で霧が向こうに広がり、黒く垂れている葉が見えていて鬱々とした思いの表白である。「梧桐」は歌集では「あをぎり」とルビを振っている。

桃の木はいのりの如く葉を垂れて輝く庭にみゆる折ふし

佐太郎『帰潮』昭和25年作

ここにあげた佐太郎の桃の葉の歌は、よく知られている。「いのりの如く」という直喩を用いて静謐な雰囲気を伝える。桃の葉は、楕円状披針形《ひしんけい》で葉の縁に粗いギザギザがある。当時佐太郎の住んでいた、「坂下の家」には桃の木があって、葉が垂れるように茂るということであった。

二首目、雌蕊が「昆虫の触覚《ママ》」という直感で捉えた比喩に意外性がある。巧みな直喩で、佐太郎から学んだのであろう。三首目、街で別れてきた人のことを思いつつ、電車の窓から夕雲を眺めている。「夕雲」は、「しづかなる」という言葉で修飾されていて、抑えてきた自らの思いも投影されているといえよう。四首目、すでに枯れはじめた葦原。結句の「ここも葦原」が自在な感じがする。ここだって葦原なのだという思いである。五、六首目、よく観察している。「茎紅きまま枯れてゆく犬蓼」に哀感があり、忘れていた「百日紅」は気が付けば黄葉していて季節の移ろいの哀感が滲む。

⑥昭和三十年

肌ざむくして昼近き土の上朽葉を蹴りて鶏がをり　30・1
唐突に夫の声のよみがへる鋪道の上歩み来しとき　30・2
鍋の中に脂溶けゆく音しつつ吾を憎む眼思ひ出で居る　30・3
冬光あかるき午後の厨にて舌になまぬるき牛乳をのむ　30・3
風邪ひきて昼臥しぬれば次々にはかなきことを思ひてゐたり　30・5
戦争に失ひしもののひとつにてリボンの長き麦藁帽子　30・5
おのおのの過去を暴かばいかならん疲れし顔の並ぶ夜のバス　30・5
靄ふかき宵還り来て電燈をともせる部屋の鏡をのぞく　30・5
闇の中に夜光の時計動きをり眠れる夫と吾との間　30・5
目を閉づる事なく眠る魚などの如しくるしく夢みてゐたり　30・6
波のごと間をおきてくる堪へ難き孤独と思ひ昼の街歩む　30・8
緩慢に道路補修車動きゐるその重き音は暑き日のなか　30・9

昭和三十年の歌をここに十二首あげた。一、二首のみ歌集未収録。

この中で六首目の「戦争に失ひしもののひとつにてリボンの長き麦藁帽子」をまずとりあげ

よう。この歌は、初出が昭和三十年というのを知った。戦時に華美な物は規制され、失ってしまったひとつに「リボンの長き麦藁帽子」があって、あのかけがえのない自らの少女時代の輝いていた時間そのものも失くしてしまったかのようであると解釈していた。言い換えれば、「リボンの長き麦藁帽子」をひとつの象徴のように読み、さらに戦争を否む気持ちとかつての屈託のなかった時間をひたすら懐かしむ思いに溢れていると捉えていた。

しかし、終戦から十年経った、昭和三十年の「歩道」の歌の流れの中に置くと、戦争によって失くしたものとして「リボンの長き麦藁帽子」を思う時に、しばしば詠む「過ぎ去りし愛」も胸中に浮かんだのではないか。この歌は、回想の歌であって、もう少し複雑な心理の動きがここにあったのだろう。

旗《はた》のごと若葉ゆらげる丘《をか》を見て立ちゐる部屋は時計の音す

佐太郎『帰潮』昭和22年作

ここに、佐太郎の時計の歌をあげた。初句の直喩によって「若葉」の様子を伝えている。風が強く、まるで旗のように若葉が動く丘を眺めつつ時計の音を耳にしている空白の時間である。佐太郎の歌の「時計」は同じであっても、尾崎の九首目の歌「闇の中に夜光の時計動きをり眠れる夫と吾との間」は、時間のとらえ方が異なっている。眠っている夫と「吾」との間に「夜光の時計」がある。時計なのでわざわざ「動きをり」と述べなくてもいいのだが、あきらかに意図があって削っていない。夫と尾崎にそれぞれ別の時間が流れているように感じつつ、時計の時を刻む音を聞いているのかもしれない。流れてゆく時間から夫もわれも逃れることはできない。

一首目、尾崎の題材としては珍しい「鶏」の嘱目詠である。昼近き光の中で鶏が「朽葉を蹴りて」という描写がいい。二首目、鋪道を歩いていて、何気ない日常のなかでよみがえる、夫のなまなましい声。三首目、鍋の中で脂がジュッと音をたてて溶けていくときに、自分への憎悪の目を思い出した、怖い歌である。まるでシュールな一枚の絵のようで、尾崎の情念の濃さを示す。四首目、冬の午後の厨で飲んだ牛乳の「舌になまぬるき」に実感がある。こういう身体をとおした受け止め方がとてもいい。五首目の「はかなきこと」が曖昧である。この歌は、茫々とした時間に身を置いていることを詠んでいる。七首目、バスに乗っている人々の疲れた顔に「過去を暴かばいかならん」という。「過去」をもし暴くことがあればという、俗すれすれの危うい表現をしている。誰だって、晒したくない「過去」があると言わんばかりである。他者に「過去」の顔をみているのは、作者自身の過去の顔をひりひりと意識しているからである。八首目、「電燈」は歌集では「電灯」としている。鏡の像は分身のようなものである。帰ってきて鏡をのぞくのは、今日一日の中で、自らのことを考える何か記憶に残ることがあったからであろう。十首目、ひたすら耐えている自らを意識している。「目を閉づる事なく眠る魚などの如し」と巧みな直喩を用いて、閉塞感ある苦しさを告げている。十一首目、明るい昼の街を歩みつつ、孤独感が波のように押し寄せていたたまれない。十二首目の「道路補修車」は、たぶんアスファルトを補修している車。重苦しい音が聞こえてきて、それが心情と繋がっていく。都市で暮らすゆえの一コマである。

⑦昭和三十一年以降から第一歌集『さるびあ街』刊行まで

油のごと光りて黒き運河あり風なき春の街を来しとき　31・5
階下にて夫を劬る姑の声いかなる時も肉親をかばふ　31・5
汚れたるアドバルーン幾つ漂ひて陸橋の向うの空の昼靄　31・5
朝床に醒めつつ暇あるゆゑに別れし夫を思ひてゐたり　31・6
ためらひもなく花季となる黄薔薇何を怖れつつ吾は生き来し　31・6
簡潔に幹並び立つ赤松の丘の笹生に夕日かがよふ　31・6
不吉なる篠竹の花咲く見つつ風疾き夕べ丘下りゆく　31・6
火鉢にて炭の鳴る音つづく時未来の怖れたかぶりて来る　31・6

追憶を強ふる音にて夜すがらに篁は月の中にそよげり　31・6

昭和三十年十一月号から三十一年四月号まで出詠がない。昭和三十一年前半の中から、五月号と六月号の九首を引いた。昭和三十一年に離婚となって、総合誌や「歩道」でも離婚を詠んだ。「歩道」昭和三十一年五月号に三首のみ掲載となっていてその三首をここにあげた。この五月号六月号のみ「酒巻さえこ」で、七月号からは、「松田さえこ」で出詠している。「歩道」六月号の六首は歌集では小見出し「別れ」をつけて並び順もかえずに全て収録している。

四首目、離婚後は、どうやって仕事を得て自立していくのか気を張りつめていた。ある朝、時間があって別れた夫のことを思ったと詠む。果たして、本心はどうであったのか。「暇あるゆゑに」の言葉は辛辣に響くが言葉通りではなく、別れた夫のことを恋しく思っていなければ「別れし夫を思ひてゐたり」という感情には至らないだろう。

一首目、油のように光る「黒き運河」の具体的な描写がいい。この「黒き運河」は自らの中にも流れ、景色と心が溶け合っている。二首目、母としての顔を「姑」が見せている。三首目、アドバルーンは、無人の係留気球や風船を使った広告で、「アドバルーン広告」や「飛行船広告」が全盛期であった昭和。「汚れたる」「漂ひて」が哀感を生んでいる。五首目、「黄薔薇」に託した、怖れず生きようとする覚悟がみてとれる。感情にまかせて詠むのではなく、自らをみつめている。六首目「赤松の丘の笹生」を的確に描写する。七首目、篠竹の花が咲くのはたいへん珍しく、竹の花が咲くと、種類によっては地上の部分、あるいは篠竹そのものが枯れてしまうので不吉なことが起きる前兆だとも言われている。「風疾き夕べ」も不穏な感じである。八首目、炭のはぜる音によって、不意に「未来の怖れ」がたかぶる。音によって心が動かされる。九首目、「追憶」は、過ぎ去ったことに思い馳せる意で、強いるという言葉が独特である。「篁」が月の光の中でそよぐという乾いた音。哀感のある景色にとけこませていく。

それでは、昭和三十一年の後半の歌をあげよう。この中では、四首目のみ歌集未収録。

遠くより降る雨移り来るみえてわがめぐりの田さやぎ始めつ　31・9
諍へど心昂ぶることなきを限界として別れたりしか　31・9
つねの日に抑へゐるわが悲しみに当然のごとく人は触れくる　31・9
風呂を焚く心のひまによみがへる気短かかりし夫の事など　31・9
関はらぬゆゑ安心を君に持つこの安心は寂しきものを　31・11
人の声なべて消さるる地下鉄の轟音の中に安らぎゐたり　31・11
いつしかに心甘えてもの言ひし或る夜のしぐさ自らうとむ　31・11

みづからを紛らはしつつゐる意識映画見に行く時もまつはる　31・11

尾崎自身は、離婚について「当時は昭和三十年代、一般にはまだ女性の地位は低かった。離婚してNHKの放送作家として拾われた私に対して、周囲からは『お気の毒ねぇ』という反応。（略）離婚という心理的ダメージを救ってくれたのが、少女期から師事していた佐藤佐太郎の『つらい経験は良い想い出になるものだよ』という一言だった」（角川「短歌」令和元年五月号「六十五年後の絵日記」）と述べている。離婚については、当時周りの人の言葉などに傷ついたのである。それに対して、佐太郎の深い言葉に癒されて励まされている。信頼する気持ちは、ますます増したのだろう。

一首目、遠くの景から近くの田に視線を移している叙景歌。その巧みな表現に心惹かれる。視覚の歌であるが雨の降る様子ばかりでなく「移り来るみえて」と静かな流れゆく時間を目で見えるように詠んでいる。「めぐりの田」の端的な表現、「さやぎ始めつ」の動詞も工夫したところであって、ひとつの詩的な発見である。二首目、「諍へど心昂ぶることなきを」は、とても客観的に心の動きを見つめている。もうどうしようもないと諦めたのか、執着がすっかり薄れてきたのか、心が昂ぶることがなく、それを「限界」と思ったという言葉が真実を告げている。やや距離を置きつつ自らの心を捉えているところがかなしい。三首目、離婚による心の傷。

日々抑えている「悲しみ」であるが、人は遠慮なく触れて、また余計な感想を言ったりして、ふたたびまた傷つくことになる。「当然のごとく」に憤りも感じられる。四首目、よみがえるシーンは短気であった夫。離婚したゆえにわずかに心の余裕がうまれたかもしれない、冷静な歌である。五首目、距離があるゆえに安心感があるのだけれど、「君」との距離の寂しさ。微妙な心理がうかがえる。この「君」に心が寄り添っていく感じである。六首目、まさに都会のなかのワンシーン。人の声が掻き消される地下鉄の駅か電車のなかに身を置いて、安らいでいる自らに気づく。七首目、「心甘えてもの言ひし」という自らに向ける屈折感の感じられる客観的な把握である。「しぐさ」という言葉が情感を生んでいる。こういう柔らかな歌もまた尾崎の魅力である。八首目、映画を観にいくときにも、自らを紛らわしている感じがする。自意識が醒めているのは、それだけ自己に向き合わなければならなかったからに他ならない。

心乱れ別れ来りて寂しきに路地の向うに冬土光る　32・2
あはあはと街にて別れ来しかども吾の咽喉の渇きてやまぬ　32・3
誰に乞ふといふにあらねどかすかにて人想ふこと許させ給へ　32・3
埋めがたき永き時経て相逢ひしことも負担となりてゐるべし　32・6
悔しまむ罪さへなくて堪へ難きこの空白は夜半につづかん　32・6

裂く如き悲しみおそふ折ふしにやさしきことば欲し誰にても　32・6

器より逃れんとして亀動くかかる徒労は心いたましむ　32・6

第一歌集は昭和三十二年八月の刊行で、「歩道」ではここにあげた六月号の歌まで歌集に収録している。そしてここにあげた七首は、歌集にすべて収録。「別れ」による感情のはげしさや堪えがたい空しさを歌にしている。

一、二首目、「心乱れ別れ来りて」とも詠み、また翌月号の歌では、「あはあはと街にて別れ来しかども」とも詠む。心は乱れながらもその気持ちを強く抑えつつ別れてきたのである。三首目、「人想ふこと許させ給へ」の直情が胸を打つ。第三句の「かすかにて」が、その激しさを緩めているが、人を想いたいというひたむきさに打たれる。四首目、埋めがたいと思われるような永い時間を経て相逢った。「埋めがたき」時間というのは、今となっては取り返しがつかないほどの永さであった。そういう時間を経て逢うことが、相手にとって負担になっているに違いない。相手に対して慎ましく思いを述べる尾崎の愛情があふれている。五首目、悔しく思うほどの「罪」もない。しかし、心の中の虚ろは夜半に続いていく。六首目、裂くほどの悲しみが襲う。この「裂く」は心を「裂く」という意味であろう。それほどの、悲しみを思うので人にやさしい言葉を求めたいのである。七首目、この亀の徒労が痛々しい。「徒労」という言葉を直観で感じ取ったのである。見ていると、亀は器を逃れようとしていて、この亀に自らを重ねているのだろう。

尾崎は第一歌集『さるびあ街』の「後記」で次のように記す。「これらの作品を生む背景であつた実生活の上では、精神的に激しく苦悩した時期が永くつづいてゐた。自己本来の明るい性格と、体いつぱいに耐へて来た暗い精神的風土とのギャップ、華やかさと寂しさ、或ひは志向する清明の歌境と、現代人としての思考的な混乱との矛盾、さうした相反した二つのものが常に私を困惑させ、苦しめて来た。私は、冷い翳にみちた晩秋の街と、その一角をある時鮮烈な朱で彩るサルビアの花に、自分の中のこのやうなせめぎ合ひの色調を感じるのである。そしてこの歌集は、私の二十代の墓碑銘であると思つてゐる」と述べている。

尾崎の述べる、〈冷たき翳〉と〈鮮烈なる朱色〉というこの相反する二つ。それは、尾崎が歌の出発から持っていて、昭和、平成、令和と変わらず持ち続けて生き抜いてきたと言える。この第一歌集を刊行することによって、尾崎自身の詩的精神が明確になっていった。それは、尾崎にとって、つらい時間を経てようやく身をもって得ることの出来た大切な新たなる出発を意味していたのである。

気品と心の眼　「短歌研究賞」と「角川短歌賞」の作品

昭和二十九年の春に、尾崎左永子は、第一回「短歌研究賞」を受賞した中城ふみ子の五十首詠「乳房喪失」を読んだ。中城の受賞作に思わず惹きつけられて、自分でも詠んでみようと思ったのが、第二回「短歌研究賞」応募のきっかけであった。

この昭和二十九年と翌三十年は、尾崎にとっては、悩み深い時期であった。尾崎自身による年譜に照らし合わせれば「昭和二十五年　大学時代の演劇仲間、松田某と結婚するも最初から違和」。そして「昭和三十一年　離婚。実家に戻り、NHK台本作家となる」というきびしい実生活が待っていた。この当時は、筆名は松田さえこ。結婚生活は『自伝的短歌論』（令和元年砂子屋書房刊）によれば、「未亡人の姑、出来のいい弟、心のやさしい妹、それにネコ。一番の問題は夫で、私の見込みちがいも甚しかったのだろう」と述べている。日を経るにつれて気持ちが揺れ動いている。

溢れる自らの感情にどこまで耐えられるのか、尾崎の緊迫した思いの感じられる二つの応募作である。詠み継ぐうちにおのずから、尾崎自身に見えてきたものがあったはずである。

「短歌研究賞」

昭和二十九年第一回の「短歌研究賞」の受賞者であった中城ふみ子は、「短歌研究」の編集者の中井英夫の尽力により同じ年の七月に、川端康成の「序文」のついた第一歌集『乳房喪失』を刊行した。そして刊行の翌月の八月に癌で亡くなった。自己をひたすら追求した中城の歌は「誇張された身ぶり」の表現であると当時は賛否の議論がなされた。

この昭和二十九年に第二回「短歌研究賞」の募集があり、同年十一月号に発表。その折の編集者も引き続いて中井英夫であった。「短歌研究」十一月号の「応募作品発表」によれば、第二回募集の発表と共に待ち構えていたかのように、投稿が殺到し、総数千二百五十三通、所属結社については百七十誌にもなったものの、圧倒的に多かったのは、前回と同じく無所属の人であったと記している。年に二回も新人賞の募集があり、その応募数をみると、当時として大変な熱気である。この時の第二回目の受賞者は、「特選」となった寺山修司「チェホフ祭」で、その次の「推薦」は、二名で城森明朗（コスモス所属）「五章」と高桑順子（水甕所属）「風と山羊と」。それに次いで「入選」が二十作品で、尾崎は「入選」となった。そして、翌年の昭和三十年、第一回「角川短歌賞」には受賞者はなく、応募した尾崎の「夕雲」五十首は候補作品となった。このときの編集者は、斎藤正二である。昭和二十九年、それ以降の三十年代も尾崎は歌を多く作っている。

昭和二十九年からスタートした「短歌研究賞」は、同年に二回募集があり、中城ふみ子と寺山修司が登場した。篠弘が『現代短歌史Ⅱ』（昭和六十三年短歌研究社刊）の「寺山修司の出現」の中で「二人の傑出した新人を生み出したのである。矢つぎばやに試みられた、ジャーナリズムによる異例の新人発掘であった」と記している。そして、斎藤正二の呼びかけによって、昭和三十一年二月に「青の会」が発足し、それから同年六月に「青年歌人会議」に発展した。斎藤正二が新人を集めて月例の研究会を開き、次の若い世代を育てていこうとした。そして、この後に中井英夫は、斎藤正二にかわって昭和三十一年十月から「短歌」の編集者となった。このように、この時期は、総合誌の編集者の役割が大きく、歌の世界の流れを作っていった。

尾崎はこの「青年歌人会議」について「運動体としての『青年歌人会議』は、戦後歌壇に活力を吹き込む運動体であり得たものの、その清新な息吹きは時と共に周囲に浸透し、同時に『当り前』になり、『古体』になってしまう運命にある」（『自伝的短歌論』）と述べているが、当時、尾崎は超結社の歌人たちから影響を受けていく。

苦しみを相分つこと遂になからんと思ひて夜の障子を閉《とざ》す
まぶしきまで明かるき部屋に吾の咽喉《のど》渇きつつ別離を告げんとしたり

安らがぬ心のまにま昼の街吾が行きて夏の服地を買ひし
愛されし記憶のこりてめざめつつこの言ひ難きさびしさに耐ふ
かぎりなくさざ波光る池の面のところどころに花藻寄り合ふ
遠くより風わたり居る田の中に緑異《ことな》りて甘藍《キャベツ》畑みゆ
平安にまなこを閉ぢて眠る猫わが家といふ意識もちゐるならむ
瓜きざむ無心のひまに萌《きざ》しくる今朝の小さきいさかひのこと

ここに、第二回「短歌研究賞」五十首詠に応募した尾崎の入選作「夕光」から歌をあげた。この八首は、第一歌集にすべて収録している（「夕光」のうち二十首が昭和二十九年十一月号に掲載され、尾崎はその二十首の中から第一歌集『さるびあ街』（昭和三十二年刊）に十八首を収録）。

一首目、苦しみを分かちあうことが出来ないのではないかという、鬱々とした気持ち。「遂になからん」というのは、ここに至るまでの心の葛藤を示す。「夜の障子を閉《とざ》す」という所作によって諦めに似た心情を伝えていて「夜の障子」というモノの用い方が巧みである。二首目、当時、「別離」、つまり離婚のことであるが妻の側から告げるのは、今思うより余程の覚悟がいったのに違いない。夫と同じ部屋にいるけれども「まぶしきまで明かるき」という光が、別れを告げようとするこの緊迫した場面の救いとなっている。一首の音数が微妙な心理の翳りを帯びていると言っていい。初句「まぶしきまで」の六音、第四句の「渇きつつ別離を」が九音である。字余りによって、一首のリズムがゆっくりとなって「別離」という言葉の重みがましている。歌集に収めるときには「つつ」を削って、一首のリズムを大切にしているが、臨場感は字余りの歌の方が強く感じられる。三首目、「夏の服地」を買うという、ほのぼのとした楽しさはここでは詠まれていない。「昼の街」の明るさと「安らがぬ心」という鬱屈した思いが対比されている。四首目、かつて愛された記憶にすがりたい思いがするが、そうは言ってもさみしさが湧く。目覚めても現実が変わらず「さびしさ」が自分の前に立ちはだかっている。「さびしさに耐ふ」と言い切りつつ、耐え難いのではないか。せいいっぱいの思いである。五首目、「花藻」が歌われているので、夏の光景なのだろう。「花藻」は、夏に水面に出て葉の間に淡黄緑や白色の小さな花をつける。ところどころに寄り集まって咲く「花藻」に焦点をしぼりきっている。池の面のさざ波は光を受けていて「花藻」を見ている夏の静謐な時間が流れている。六首目、視線の移動のある歌。遠くの風から、田の甘藍畑に目を移している。「緑異《ことな》りて」が巧みで、こういう景色は目にすることがある。「甘藍畑」の緑の差異に着目し、ひとつひとつのキャベツが目に見えてくるようであって、そしてまた「甘藍畑」全体も見えわたり、絵筆を手にしているかのような観察である。七首目、この歌の中で登場するのは、「猫」と「わたし」である。昭和二十年代というのは、現代とちがってもっと「家」の意識が強かった。「猫」はこの家に馴染んでいて「わが家」という意識を持っているかのように見える。「平安にまなこを閉ぢて眠る猫」の「平安に」は、ひとつの主観であって、猫にわが家の意識を見るのは表現としては言い過ぎであろう。尾崎は、自らの居場所というのを「猫」を通して思っている。八首目、台所に立って瓜を刻んでいる、こういう無心な時間。無心だと思っているのに「今朝の小さきいさかひのこと」が棘のように刺さってくる。繊細な感受である。心の内側のわだかまりを、選択した言葉で表出している。

短歌誌「歩道」に出詠して佐藤佐太郎に学んでいた尾崎は、中城ふみ子の歌に対して、文芸としての短歌を肯定しつつ疑問を抱いた。尾崎の「入選」が発表となった、この「短歌研究」昭和二十九年十一月号に「論争批判」〈読者の声〉として、阿部正路、松田さえこ、和田政一、藤田武、斎藤禮の五氏が文章を書いている。この「論争批判」というのは、前号である「短歌研究」同年十月号に同時掲載となった、中城の方法論に否定的な尾山篤二郎の「女人歌の在方の問題」と、その反論である長沢美津「翼と骨と」について意見を述べたものである。尾崎は、自らの文章の中で、中城の歌に対して、「私は同性として中城さんのいたましい死に素直な同情を寄せるし、その作品の気魄、自信には敬意を表している。併し実のところあれが短歌の

――女人歌の新しい在り方の方向とはどうしても思へない。（略）中城流の歌は、その激烈な個性で、人目を驚かし、一時多くの亜流を生ぜしめるかもしれない。しかし、もし抒情文学としての短歌の本質をまともに考へるならば、裸の演技を身につけるより、常にあくまでも謙虚に一切の物に対ひ、把へ、みづみづしい感動を失はない事の方がよほど大切である。地道な努力は己れの心の眼を冴えさせる」と述べてさらに「清瓏の気品と、ほのぼのとした抒情を失つて、何の女人歌であらうか」という結語でもって、自らの短歌観を明確にしている。中城ふみ子が歌壇に登場することによって、尾崎は、自分の歌はどうあるべきかを考えたに違いない。

「角川短歌賞」

そして、翌昭和三十年十月号に第一回「角川短歌賞」の発表があり、受賞者は「該当者なし」であった。この第一回「角川短歌賞」に尾崎は応募して、五十首詠「夕雲」は「候補作品」となった。（五十首詠の中から三十三首を第一歌集『さるびあ街』に収録）。

選者は木俣修・近藤芳美・佐藤佐太郎・宮柊二・前川佐美雄で、選考会には前川佐美雄のみ欠席で、編集者は斎藤正二。この第一回は、応募者が選者を選び、重複の投稿は、出来ないという応募規定で、斎藤正二が司会で選考会を進行したが「群を抜いた作品がなかった」ということでうまくまとまらなかった。

その十月号の誌上には、候補作品として、安騎野志郎「樹」、島田幸造「風光るとき」、松田さえこ「夕雲」、松野谷夫「長き雨期」、森泉園子「雨ふる厨」でそれぞれ五十首を掲載。準候補作品は、太秦登美子「冬木原」、高橋展「風雨に耐へて」、竹中英子「花と戒律」、眞下清子「枇杷のたね」、水落博「海の記憶」で二十五首の掲載である。

この中で、安騎野志郎は後に前登志夫に筆名をかえ、応募作「樹」の巻頭歌は「かなしみは明るさゆゑにきたりけり一本の樹の羞らふ陰翳《かげり》」である。この歌はのちに第一歌集『子午線の繭』（昭和三十九年刊）に巻頭歌「かなしみは明るさゆゑにきたりけり一本の樹の翳らひにけり」として収録され、よく知られている歌である。

〈選考会での歌〉

昭和三十年十月号に「角川短歌賞の決まるまで」〈選考経過速記録〉が掲載されていて、その中で、その選考会に出席した選者である木俣修・近藤芳美・佐藤佐太郎・宮柊二が評をしていてたいへん興味深い。鋭い指摘がされている。尾崎の五十首詠「夕雲」の中からここに、選考会でまず評に上がった七首を書き出した。七首のうち六首目の「風荒れし」の歌のみ、第一歌集『さるびあ街』に収録しておらず、他の六首は歌集に収録。

悲しみをもちて夕餉に加はれば心孤りに白きうど食《は》む
遠くにて消防車あつまりゆく響き寂しき夜の音と思ひき
硝子戸の中に対照の世界ありそこにも吾は憂鬱に佇《た》つ
いくばくか死より立直るさま見をり金魚を鹽の水に放ちて
砂糖壺に砂糖入れゐしが庇間《ひあはひ》に鋭き月みゆこの夕まぐれ
風荒れし日の終りにて夕日さす畳の上に竹削りをり
荒く鋤きし田の面《も》に生ふる雑草《あらくさ》のまばらに見えて夕日射しくる

これらの歌では、歌に具象をいかして場面を丁寧に描く。一首目、「白きうど」の白さと食感とが印象に残る。「夕餉」に加わったけれどもかえって「心孤りに」という思いをひしひしと感じる。二首目の「消防車」のただならぬ気配。それを遠く距離をもって聞いているときの夜の寂寥感。三首目は、「硝子戸」に対照的に映っている世界を眺める。しかし、現実のわれと同じく硝子戸の中にも「吾は憂鬱に佇《た》つ」という自己認識である。その「対照の世界」をつくるのが無機的で透明な硝子である。四首目、盥の塩の水に放つ金魚を冷静に描写している。この金魚と閉塞感を感じている自らの生活とどこかで結びついている。「いくばくか死より立直るさま」は、金魚の様子そのままの言葉で、ここに余分な説明を加えずに深まりを見せている。歌集に入れるとき「鹽」が「塩」にかわっている。病気などになって弱った金魚は、「塩浴」といって、塩分をいれた水に入れると、自然治癒することが多いらしい。「鹽」より「塩」の言葉の方に惹かれる。五首目、「庇間《ひあはひ》」は、「建て込んだ家の間の、ひさしとひさしが接するような、狭い場所」のこと。「砂糖壺」に砂糖を入れたその後に庇間に月が見えることを発見する。面白い捉え方である。六首目は、場面がよく出ている。「夕日さす畳の上に竹削りをり」と、端的な描写といえる。七首目では「雑草《あらくさ》」まで一気に述べて、まばらに見える雑草に夕日が射すというこまやかな情景描写である。

〈選考会での選評〉

選考会では、近藤芳美は「割に巧みで、一種の淡い詩情があるけれども、同じやうに何か作品としての問題が足らない」と評した。さらに、近藤は「Ⅰなんかいい歌が揃ってゐるが、Ⅲは落ちるんぢやないか」「〈硝子戸の中に対照の世界ありそこにも吾は憂鬱に佇《た》つ〉このくらゐの冒険がもう少しあつたらいい」「〈悲しみをもちて夕餉に加はれば心孤りに白きうど食《は》む〉は良いですね」と述べている。さらに、〈遠くにて消防車あつまりゆく響き寂しき夜の音と思ひき〉は、「佐藤さんが拓いたところぢやないかな。かういつたうまさは」そして、「〈砂糖壺に砂糖入れゐしが庇間《ひあはひ》に鋭き月みゆこの夕まぐれ〉なんてのもいい」という近藤の評を受けて、宮柊二は「大体、近藤君のあげた歌なんか同感するね」「口でもつて言ひ切れないといふところがあるね。力倆があれば口で以て言へないものが歌の重さになるが、それになり切つてないところがあるのではないかしら」、それに続いて、木俣修は、「〈存在は闘争にして春日さす黒土に蟻と蜂と争《あらそ》ふ〉とかね。かういふ何か従前にさういふ一つの概念をもつてゐるやうな」と指摘し、司会の「編集部」からは、〈些細なる行為といへどいつの時も人妻としての範囲を出でず〉の「〈人妻としての範囲を出でず〉など、詩的素質のある人だけに、口惜し」いという発言があった。一方、宮柊二は〈悲しみを〉、〈遠くにて〉、〈砂糖壺に〉、〈いくばくか死より立直るさま見をり金魚を鹽の水に放ちて〉の歌はいい、と評して、さらに〈風荒れし日の終りにて夕日さす畳の上に竹削りをり〉には、「冴えがある」と評した。そして、尾崎のこの応募作を推した佐藤佐太郎は、この選考会の評を聞いて最後に、「〈荒く鋤きし田の面《も》に生ふる雑草《あらくさ》のまばらに見えて夕日射しくる〉これ、ちよつと見方が渋いです。このくらゐまでゆくやうになるといいんですがね」と述べた。

この選考会の過程で、「日常考へてゐるモラルといふのですか、露骨に出てしまふ」や「概念から、詩的形成としての観念を構想してゆくといふことでなくてはならない筈です。それを、日常生活で言つたりする範囲にとどまつて」いるなど、きびしい意見が出た歌〈目的のなきくらしにて夫《つま》の言ふ諧謔も時に悲しみとなる〉〈存在は闘争にして春日さす黒土に蟻と蜂と争《あらそ》ふ〉〈些細なる行為といへどいつの時も人妻としての範囲を出でず〉なども歌集に収録している。当時の尾崎にとっては、心情を告げた大切な歌なので、これらの歌を歌集に収録したそういうところも、まっすぐに思いを通す尾崎の一面を表している。

〈さらに応募作品から〉

尾崎の五十首の歌を読むと、かなしみやさみしさの感情に突き当たる。そこに哀感もうまれているが、言葉はまだこなれていないところが見受けられる。感情にまつわる言葉が多いのは、生きづらさでもあったのだが、この多さはこの五十首の中では必ずしもうまくいっているとはいえない。例えば、「悲しみをもちて」「寂しき夜の音」「疎し」「くるしみの去りたる」「おほよその悲しみを経て」「心虚し」「不信の念《おも》ひ」「憂鬱に佇つ」「悲しみとなる」「寂しき夜」「憎むはみじめなるもの」「心虚しく」「心寂しむ」などである。そうは言うものの、ひたすらに感情を詠むことは、過ぎていく日々に自らを見つめることでもあった。

雨永くつづきて肌寒き街ゆくに飛ぶ蠅ひとつ傘に入りくる
鋪装路は凹凸のままに翳ありて高き街路樹芽ぶきと丶のふ
春雷と共にとどろに降る雨は泰山木の花をうごかす

灯《ひ》をうけて雨に濡れゐる桃一木窓にみえつつ寂しき夜ぞ
沼底の泥あらはれしひとところ生きものひそむ気泡が出づる

さらに歌をあげた。歌の言葉が一首に定着していて心の動きが感じられる。三、四首目は、歌集に収録していない。

一首目、尾崎にしては珍しい題材の「蠅」の歌である。雨が長く降って肌寒さを感じつつ街を歩いていて、傘の中になんと蠅が入ってきた。上の句は字余りである。「飛ぶ蠅ひとつ傘に入りくる」といってこの後の顚末のことには触れていない。この蠅は街で行き場がないのだろうか。哀れを感じ、親しみを持ったこの蠅を尾崎はじっと見つめた。二首目、「鋪装路」をよく観察している。アスファルトの道路の「凹凸」に翳があるという観察の力である。路上から視線は上へのぼってきている。三首目、濁音の「とどろに」「たいさんぼく」「うごかす」がいきた歌である。「とどろに降る雨」の「とどろ」は大きな音が鳴り響くさまであるので、ごうごうと降るという場面で臨場感が出ている。雨が強く降って来たので、「泰山木」の白い大きな花が揺れた。「泰山木」は、モクレン科の常緑高木。葉は大型で、長楕円形であって、初夏、白色で芳香の大輪花を開く。「雨」を主語にして「泰山木の花をうごかす」というところに表現の工夫がある。四首目、雨の中に立つ桃の花を詠んでいる。外灯か、或いは室内の灯が外にまで漏れて、その灯を受けつつ雨に濡れながらただ一本の桃の木が見えている。桃の木を見守りつつ、木の孤独を思ったのに違いない。木の孤独を思うのは、自らが孤独であるからである。この歌の中の「寂しき」は効いている。五首目の「沼底」が印象に残った。沼の底の泥という意外なモノに着目している。そして、そんな泥の中から気泡が出ていることを詩的に発見している。その気泡によって、目に見えていない生き物の姿を想像し、泥の中でも生きていく、逞しい生命力を意外な泥のなかにみている。

尾崎は、編集者にその才を評価され、これらの二つの賞の作品によって歌壇に登場していくことになる。中城ふみ子の表現と異なった表現方法を目指し、「みづみづしい感動を失はない事の方がよほど大切である。地道な努力は己れの心の眼を冴えさせる」と表明した尾崎がここから自らの歌を突き詰めていくのであった。

Ⅱ章

歌集『さるびあ街』1957年8月刊（琅玕洞）

尾崎左永子インタビュー①　短歌と言葉とわたし

師佐藤佐太郎の教え

中川　お忙しいなか、お話を伺う時間をいただけて嬉しく思っております。最初に、第一歌集『さるびあ街』（昭和三十二年琅玕洞刊）についてですが、カルチャー教室でこの歌集を資料にすると、「おとなの歌集」って意見が出ました。

尾崎　それは娘の美砂に言われたわ。考えてみれば、佐藤佐太郎先生のところに行ったときが、十七歳で、刊行はそれより十年以上経っていて。お宅に始終出入りできるのって十人くらいだったかしら。私は、最初の弟子の一人だったので、佐藤先生がいいっておっしゃったら、どんなときでもぺったりくっついていて。「手伝わない？」って言われて「はい」って（笑）。

中川　そうなんですか、羨ましいです。

尾崎　しばらく秘書みたいなことさせていただいた時期があって、そのときは一週間に一遍くらい行っていたんです。だから先生の言動とか、なんで怒るのとか、みんなわかるわよ。それで、そのときに教わったことは技術的なことですけど、芯がなければいけない、発見がなければばいけない、あとは韻律、五七五七七、できるかぎり守るということ。いま考えれば、自己凝視。自分をしっかり見る、これはたたきこまれたかしら。そして、言葉を削る技術。言葉を削るっていうのは、芯がしっかりしてなきゃ、削ったらなくなっちゃうわけでしょ。

中川 芯がないといけないという言葉、まさにその通りです。

尾崎 言葉を飾らないっていうことを徹底的に仕込まれたわ。それは、今でも私自身の作歌方法のひとつ。俳句は中村草田男に熱中していたのよ。佐藤先生の言葉がなぜ身にしみたかっていうと、ものすごい無口なの、だから、言われたひと言に重みがあるのよ。

中川 どういう風に自分のものにするのか、作歌方法ということ、そしてひと言に重みがあるということよくわかります。

尾崎 説明しないんだもの。佐藤先生のお宅に真鍋美恵子さんと遠山光栄さんが、みえていたのよ。そのお二人が帰ったあと、いきなりね、佐藤先生に「あなた、短歌はプロになるつもりあるのですか」って聞かれるのよ。「えっ、プロって」と思いましたよ。

中川 いきなりプロですか?　それは驚きますね。

尾崎 そう、今になるとわかるわね。その時からプロとして育てようという気を持ってくださっていたのだと思うんです。それは、『さるびあ街』の刊行より前のことですよ。プロっていうのは、そういう覚悟をしろって言われたんでしょ。第一歌集に「さるびあ街」って名前をつけたことで、お怒りをかってしまって暫くは傍に寄れなかった。
中川　そうでしたね。歌集題のことで。
尾崎　昭和二十年八月の先生からの手紙が残っていて、せっかく手紙を出して着いたかとか心配したのに、何も言ってこないって。いま考えると申し訳ないということが山ほどありますよ。
中川　それは、昭和二十年八月二十四日の日付の手紙のことですね。終戦直後、そのときいただいた手紙を大切になさっていたのですね。
尾崎　誉められることなんかほんとなかった。誉めない方ですよ。
中川　そうですすか、角川書店の第一回角川短歌賞で、佐藤佐太郎さんが尾崎さんの応募作を選んでいらっしゃいます。その前年は、「短歌研究新人賞」にも応募なさっています。
尾崎　それがね、昭和二十九年の春に、まだ「松田さえこ」といっていて、夫とその母と住んでいた頃、たまたま本屋で「短歌研究」を立ち読みしたのよ。中城ふみ子が賞を受けたので、こういう歌なら出してみようかなあって出してみたのよ。
中川　昭和二十九年の第二回の「短歌研究新人賞」では入選でしたね。
尾崎　そう、一位が寺山修司。私は入選だったけれど、歌を出してくださいってすぐ依頼が来たわ。だから一応、歌壇デビューは昭和二十九年十一月以降ですよね。
中川　そうですか。そして、昭和三十年に角川短歌賞に応募したのですね。

尾崎　だから、そこがまた馬鹿なのよ（笑）。

中川　まあ、そんな。応募した作品「夕雲」の中から三十三首が『さるびあ街』に入っています。

尾崎　毎日のように歌を作っていて、家をいつ飛び出ようかと毎日思っていたころよ。

中川　その中に「かく生きて吾に如何なる明日あらん厨の窓に夕雲動く」もあります。

尾崎　佐藤先生にどちらもまったく相談もしないで独断先行で、半年ぐらいの間にまた応募して。

中川　かつて私が評論集『河野愛子論』を刊行するときに、昭和二十年代から三十年代にかけての「アララギ」を詳しく読んだことがあります。昭和二十四年に、流派をこえた女性だけの集団として「女人短歌」が発足して、昭和三十年前後は女性歌人たちの動きっていうのは大きな波ですね。そういう中にいらしたので、同時代としていかがでしょうか。

尾崎　そうですね。「女人短歌」というのは、印象はあるけれど、知ったのはたぶん私の第一歌集の刊行後のことではないかしら。佐藤先生が選者であるかどうかも知らず、ましてそんなに推してくださるとも思わず賞に応募したので。歌壇に飛び出ようというのではなくて、賞があるのなら出してみようかというぐらいの気持ちでしたね。

中川　昭和二十八年に森岡貞香第一歌集『白蛾』が刊行されていて、印象とかありますか？

そして、河野愛子さんは、「アララギ」に入会して、「未来」の創刊メンバーでもあり、重い結核になって歌を生きる「よすが」だとまで言い切っています。

尾崎　そう、いまみたいに賞をもらえば一人前の歌人でございって時代ではなかったわよ。ほかの結社の人に読んでもらえるということでもなかった。

中川　『さるびあ街』が刊行になったときは話題になったようですが。

尾崎　そういうこともあんまり知らないのよ。私は佐藤先生の歌が好きで。私が先生を選んだというのが誇りなの。だけど、追従していっても抜けないと思ったのよ。

中川　そういうとき佐藤さんは何かおっしゃったのですか?

尾崎　特に何も。無口で天才だと思う。だから、違う方向から行こうと思っていたら、いつか先生に言われたのよ。「君、斎藤先生だって僕だって、こういう表現をしているだろう」。それで「でもそういう表現は、先生の表現をもらうことになるから」って言ったら、「感謝して、さっさと貰うのがいいんだ」って。「そうしておいて工夫するなら、その先を工夫したまえ」って。

中川　まあ、そうなんですか。真似るところから学ぶということもあります。

尾崎　それから「斎藤先生だって、僕だっていつも新しい技法を工夫してきている」。

中川　それは、貴重な言葉ですね。

尾崎　そうですよ。ほんとうにそう思います。私が歌を「歩道」以外に出し始めたら、「歩道」の人たちがわれもわれもって賞に応募したらしい。そうしたら先生から禁令が出て、目を通していないものは出すなって。

中川　『さるびあ街』についてはいかがだったのですか?

尾崎　歌集は、あとで読んでいただけたのですが、刊行にあたって歌はほとんど直してくださっていないですよ。

中川　これは「アララギ」の学ぶ方法なのでしょうか、私自身も学んだ近藤芳美さん、岡井隆さん、河野愛子さんにも、自分が採られた歌と採られなかった歌の差をよく考えなさいって言われました。

尾崎　それはそうよ、選歌で落とされた歌はまずいですよ。

中川　つまり、なぜ落とされるのか、どこがだめなのか選歌されることによって自分が学ぶのですね。

尾崎　佐藤先生もそれは同じです。直してくださるときは助詞ひとつなど、たった一字でこんなによくなるのかと思うのです。多く手を入れない。歌を作り変えないのがいいのね。自分で工夫しないとうまくならない。

第一歌集『さるびあ街』の刊行 ―佐藤佐太郎の表現方法

中川　『さるびあ街』の歌はいま読んでも新鮮ですね。「抜き捨てし草が冬日に乾きをり飛行場あとのコンクリートの上」こういう乾いた感じ、飛行場は題材として新鮮。

尾崎　これはたぶん調布よ。

中川　飛行機の歌が入っていますね。細部の描写とか、内面や物の把握の仕方が印象的です。

尾崎　これは佐藤先生でしょう。

中川　「末枯《うらが》れし草原は黄に映えながらいつしか寒き夕ぐれとなる」という歌。「末枯《うらが》れし」という切り取り、「黄に映えながら」という絵画的な手法で、すっと入ってくる描写は、アララギのひとつの手法だと思うのです。

尾崎　そうこれは、アララギの手法ですよ。

中川　それからここにあげた「草踏みてわが来り立つ丘の上反照のなき港がみゆる」の歌などは？　旅の歌ですか？

尾崎　よく荒川近辺を歩いたんですよ。『さるびあ街』を出してくださった楠本憲吉さん（当時琅玕洞発行人）と「歩道」の同人山本成雄《やまもとしげお》さん。あと野澤節子さん。四、五人でよくなんだか吟行会でもないですけれどもね、下町歩いていたのよ。そのころの歌だと思いますよ。

中川　では、年代で言えば昭和二十年代の歌で、歌集全体はほぼ編年体かしら。

尾崎　そうですね。

中川　「草踏みて」のこの言葉は歌を作るときに出てくるかもしれませんが「反照のなき」がなかなか出てこない言葉だと思いますが。

尾崎　この歌は、横浜かしら。

中川　佐太郎さんからの意識的な摂取ってあったのでしょうか？

尾崎　いいえ覚えてないくらい。頭のなかに浮かんでくるときに、五とか七とかになっちゃうのよね。先生に「反照のなき」っていうのはあったかもしれない。私に「石蕗の反《そ》る花びらに日の照れば和《なご》みし心ひと日保たん」って歌があるのよ。もともとはただ花びらが反っているという描写の歌であって、そこから心理的なものを取り入れることが出来るようになっていい気になっていたら、そうしたら、横尾登米夫さん、先生より年長だったのだけど、上の句が自然描写で下の句が心理描写って指摘なさって。そういうサゼスチョンしてくださる方がまわりにいたってことですよ。

中川　「赤き肉焙《や》きて夕餉をととのへし厨を思ひ永く思はず」という「赤き肉」。生活の実感が出ていて。

尾崎　ひとりになってからの歌でしょ。結婚の日々、閉じ込められたっていう気分がものすごく強かったのでしょうね。歌があったので、救われたことはあったと思うけれど決して歌で苦しみを流し出そうとはしなかったと思ってますよ。澱みたいなものを人に見られたくないっていう気持ちは強かったですよ。

中川　歌は救いではあっても苦しみを吐き出すためでないって、まさにそうですね。

尾崎　それでね、『さるびあ街』が出たときに、近藤芳美さんが「婦人倶楽部」かなんかで批評を書いてくださって、「裸になれない弱さ」って書かれたことがあるのよ。すっごい傷ついて、だれが裸を見せるかって（笑）。

中川　裸を見せるかって、っていうのが面白いですね。

尾崎　でも、近藤さんも可愛がってくださったのよ。銀座歩いていたら、会社のお昼かなんかで出てらして、「よお」なんてね。みんなによくしていただきましたよ。宮柊二さんも、どなたかを紹介してくださったりしました。

歌壇にふたたび　―馬場あき子・河野愛子

中川　ところで、河野愛子さんにまつわることでご記憶のことはありますか？

尾崎　覚えているのは、ちょうど十七年間ほど歌をやめていて、東京會舘にはずかしいのを我慢して出かけて、馬場あき子さんに「あなた、足ある？　帰ってきてくれて楽になったわ」って。そう言ってくれてほっとしたわよ（笑）。その帰りに長澤一作さんと話をしていたら、河野愛子さんが一緒に帰ろうって誘ってくれて、二人でお茶を飲むことになったのよ。「あなた、歌壇に帰ってきてくれて、ほんとうに嬉しいのよ、アララギ系の女の人ほとんどいないし。でもただひとつだけ忠告しとくわよ。遠慮しちゃだめよ」って。その時、長いこと歌壇にいなかったので遠慮がちだったのよね。

中川　河野愛子さんらしい鋭い言葉ですね。

尾崎　そして、そのときに後でお話しするけれど「青年歌人会」だった人たちが守ってくれたのよね。河野愛子さんの「遠慮しちゃだめよ」って言葉で、はっとして気がついたのよね。そう、私は私だって。歌壇という場にいなかったのだから別に皆に引け目を感じる必要はなかったし、作品で勝負するしかないってはっきりわかっていたのでね。でも、そう言ってくださったことによって、すごく楽になって河野さんに恩を感じています。こんど彼女が歌集を出したときに、俵万智さんと私に書評を頼んで、書いたら突然電話がかかってきて、御礼ってわけではないけどあなた印伝好きかって。印伝の素敵なハンドバッグくださったのよ。河野さんが亡くなって「偲ぶ会」で印伝のことを言ったら、川口美根子さんが「何も貰ってないわ」って言うのよ。悪いこと言っちゃったわ。河野さんの「遠慮しちゃだめよ」は、あの人自身の生き方のなかで感じたことなのよね。

中川　その「偲ぶ会」に私も出席していました。河野さんのその言葉は、戦後に河野さんが重い結核になって千葉の国立結核療養所に入っていたときに感じたことなのです。生と死のきびしい境の日々に身を置いたとき、療養所に歌の仲間たちから便りがくるのです。若いときであるだけに、病んで後れをとることに、とても焦燥感を抱いたんです。自分と療養所の外の世界との違いを感じて焦ったのです。それは結社誌「未来」に、あとになって書いています。

尾崎　ですから、思いがけないときに思いがけない言葉をかけてもらうのは、励みになったし、ふっきれた気がしましたね。

中川　でも、尾崎さんの場合は、放送作家として仕事をなさっていて、放送詩を書き、その一方で古典の研究などなさっていたわけですから、歌の中断といってもまったく違うのでは？

尾崎　いや、歌壇というのは独特であって、そんなことはなかったですよ。馴染めなかったですよ。当時、歌なんかやっていても食べられない、それがまた誇りでもあったわけ。

中川　また別に、歌に携わっている誇りというのがあって、気持ちの支えになります。

尾崎　そうねえ。書いたものの価値、言ってみれば原稿を書いて食べていると、それで稼げるという商品価値みたいなものがついてくるのでしょ。一方で、そんなもので測られたくないっていう誇りがあるの。だけど商品価値みたいなものって、覚悟として大事なことなのよ。

中川　書くことの覚悟、そして自覚するってこと、いい言葉ですね。

尾崎　私が、歌に懸けたら、絶対生活成り立たないって思った。それで、その覚悟がないことが、すっごい負い目で、短歌に対しては引いた感じを持っていたわ。

中川　それは理解できますが、しかし尾崎さんの文章で、自分の帰るべきところは、短歌だってお書きになっていて。

尾崎　結局表現するうえで、一番のエッセンスは、短歌なのよね。

中川　文学活動上の中心として、短歌を考えていたんだと思っていましたけど。

尾崎　そうなってきましたね、短歌が好きなんですよ。

中川　ほかの文学活動で、『源氏物語』にしても、『古今集』『新古今集』や『古事記』の本だって。古典であれだけの仕事を重ねていらして。

尾崎　書くのが好きということよ。遊び下手ってみんなに言われているの。

中川　ところで、馬場あき子さんの歌とか読んでいらっしゃいますか?

尾崎　読んでる、読んでる。特に「青年歌人会」の仲間たち、他に遠くの地ならば安永蕗子さんとか、山中智恵子さんとかよく読みますよ。例えば、いま好きな歌人というのは伊藤一彦さんとか。

中川　言葉が明快で深いですよね、伊藤一彦さんは。私も好きな歌人です。

尾崎　以前だったら、そうね浜田到とか。

中川　透明感にあふれていてモダニズムの旗手でもあったんですよね。

尾崎　佐藤佐太郎一辺倒でなくて、もうちょっとで中村草田男さんの「萬緑《ばんりょく》」の編集を手伝う立場になりそうだったりしたのよ。後になって迢空賞をいただいたときに、佐藤鬼房《さとうおにふさ》さんが仙台から新幹線に乗って来てくださったりして、鈴木真砂女《まさじょ》さんが蛇笏賞なので佐藤さんに「真砂女さんがご受賞だからいらしたのですか？」って伺ったら、「何言ってんだよ、君のためじゃないか」って（笑）。

中川　どういう繋がりなのですか。

尾崎　それが、近くに住んでいる方を通じて繋がったのよ。私の本をその方が鬼房さんにさしあげたことがご縁なの。それで葉書いただいて。鬼房さんの作品の古いものは好きでおもしろいなあって思っていて、そうしたら、紅書房から鬼房さんの本が刊行されるたびにくださって。他に全句集もそうだけど、歌が出来ないときに想を得たりして。好きですねえ。

中川　それでは、俳人では草田男さんと佐藤鬼房さんがお好きなんですね。近代短歌といえば、斎藤茂吉の歌っていうのはどうですか？

尾崎　ところが、それが長いこと分からなかった。

中川　佐太郎さんの師は茂吉ですけれども。どういうところが分からないということですか？

尾崎　茂吉の歌を分かれって先生から言われたことはないし、茂吉はこういう言葉を使っているでしょ、って言い方をされたことはあっても、特に何を読めって佐太郎先生から規制されたことは一度もない。いま気がつけば、勝手に詠んで他の人よりも基礎は自分で作っていったかな。

君はプロになる気があるのかって先生に言われ、びっくりするくらいで。その意味するところが分からなかったんですよ。

中川　短歌で食べていくのは難しいって、以前はもっとそうですね。

尾崎　鉛筆一本で、書くことしかない。前に住んでいた家のそばに、女子大時代のNHKの友人がいたのです。ディケンズの『オリヴァー＝トゥイスト』のラジオドラマを書けって。書き方さえ知らないでしょ。いい加減に書いて旅行に行って、帰ってきたらNHKに来てくださいって。オーディションだったのね、行ってみたら最初は取材記者みたいな仕事。

中川　とても珍しいですよね、当時。

尾崎　これでしめたって、突如、家を飛び出して。当時録音がないから夜中の一時、二時になるので、東京の青山一丁目の女子アパートを借りて職場に通ったわ。ひとりの男の人が来ればいいのだけれど、いろんな人が訪ねてくると、そこの家主がしっかり断ったりして面白かったわよ（笑）。近くまでは、前登志夫さんも、塚本邦雄さんも来てくれたことがあったけど。

「青年歌人会議」から前衛短歌

中川　ところで、昭和三十一年二月に発足した「青の会」はどうだったのでしょう。「青の会」は、「青年歌人会議」の前身で、とても興味深いのです。昭和三十一年二月に斎藤正二さんが声をかけて、「阿部正路、岡井隆、国見純生、石川不二子、川口美根子、馬場あき子、尾崎左永子、松野谷夫、武川忠一、山口智子、吉田漱」たち十一名で第一回会合。それから三か月後に「青年歌人会議」に発展していきます。

尾崎　「青の会」は、「青年歌人会議」になるということで移行したと思っていたけど。中里久雄さんとかは弁舌さわやかで主導権をにぎっているようになって私がときには反論したりして。岡井さんはそういう考え方が一方に置いてあっていいよねって、弁護してくださったりしたけど。そういう熱気があったからこそ、前衛短歌もできてきたのでしょう。

中川　ええ。まさに昭和三十年代の熱気ですね。前衛短歌運動について伺いたいのですが、いかがですか。

尾崎　斎藤正二さんは「短歌」の編集者、中井英夫さんが「短歌研究」にいて、新人をプロデュースしてってことでしたよ。

中川　そうです。新人の育成を目指すというのがあって、尾崎さんは前衛短歌というのを意識なさっていましたか？　塚本邦雄さんの第一歌集『水葬物語』（昭和二十六年）、『装飾楽句』（昭和三十一年）などがすでに刊行になっていましたけれど。

尾崎　前衛短歌全盛というのは私の感じではもっとあとで昭和三十年代半ばくらいかしらね。私は昭和四十年代には「歌壇」にいませんからね。

それで、寺山修司さんのことをいうと大久保の病院に入院したのよ。まだ松田の家にいたころ。「えんぴつのように痩せ細ってベッドにいる僕を見に来て下さい」って葉書が来て、見舞いに行ったら大部屋で。傍のテーブルにフランスの本がいっぱい積んであって、それも寝たまま。その頃、岡井隆さんが私にネフローゼというのは、治りにくいんだって言っていらして。あるとき出版記念会で、寺山さんが塩と胡椒をもらうよと言って持っていってしまった。

中川　その後の交流は、いかがだったのですか？

尾崎　寺山さんから一対一の手紙が来ていたんだけど、そのうちこの手紙は八人に同じのを出しますっていう手紙が来て、最後は増えて二十何人かになったのじゃない？　それで、手紙の最後にはお返事くださいってなんか書いてあるのよ。岡井さんだって葉書を買って、そこに菱形が書いてあったわ。

中川　驚きですね。葉書って、後の岡井隆さんの昭和三十七年あたりからの「木曜便り」に繋がっていくのかしら？

尾崎　青年歌人会の人たちって、実験は随分してたってことよ。

合同歌集『彩』――馬場あき子・大西民子・北沢郁子・山中智恵子・尾崎左永子

中川　その当時、他に親しい方はいらしたのかしら。

尾崎　そうね、一番親しかったのは、寺山さんかしら。他に馬場あき子さん、大西民子さん、北沢郁子さんが、仲よかったかしら。

中川　その方たちと合同歌集『彩』（昭和四十年新星書房刊）を刊行なさっている。

尾崎　合同歌集『彩』を出すときに、富小路禎子さんも誘ったけれどいやと言われて。ほかに山中智恵子さんが入って五人。「ジュルナール律」（昭和三十九年十二月創刊）が刊行となった頃からは歌壇に出ていないけれど。

中川　篠弘さんが解説で五人について書いていらして、合同歌集の奥付では尾崎さんが著者代表と記されていますね。

尾崎　奥付ではそうなっていてもそうじゃないわ。馬場さんが中心ですよ。声がかかったのは次に私、それから大西さんだったかしら。

中川　北沢郁子さんが加わって。それから富小路禎子さんにかわって山中智恵子さんは、あとでしたよね。

尾崎　馬場さんと山中さんは仲がよかったから。私は、山中さんには嫌われていたわ。

中川　まあ、どうしてですか。

尾崎　だって、私が伊勢のことや三輪山なんか書くものだから、なんで尾崎さんがって、ということでしたよ。
中川　そういうところまで、知りませんでした。
尾崎　表紙とか装幀とかしてくれたのは、山田茂人さんで私の絵の先生よ。
中川　そうだったのですか。その『彩』は古書店で購入して持っていますが、国会図書館では、デジタルで資料に残っていて貴重です。都市を詠んでいらして。年譜ではこのあたりの時は世田谷住い？
尾崎　これより前に三田に住んでいたから、その頃しょっちゅう羽田空港とか、埋め立て地へ行ってて。ちょうど運河とかが出来る前で、海だったのよね。泥が捨てられて陸になっていく様子をずっと見ていたのよ。浜松町から乗るでしょ、三田に住んでて田町だから、一駅。だから、羽田空港までよく行ってたわ。三田に住んでいたのは二年足らずかしら、でもあの辺りに住んでいたのは大きかったわね。
中川　篠弘さんがこの合同歌集の解説をお書きになっていますね。
尾崎　篠さんは、とても優秀で小学館に入って、五年がかりで百科事典を作ったでしょ。最初大百科、そのあと「ジャンルジャポニカ」。そのときに歌人たちが助けたっていうか助けられた。みんな書いていた。

中川　そして、歌集『彩』ではテーマで八十六首も収録。
尾崎　あのころは皆勢いがあったわ。

古典の世界　―現代短歌へ

中川　歌を中断していた時は、古典の研究もなさっていますね。
尾崎　いまだって前衛的な歌といっても伝統に吸収されつつあるわよね。『古今集』などちっとも面白いと思わなかったけど、『源氏物語』をはじめてわかったのよ。古今集の歌を知らないと読み込めないのよ。それで古今集を読みはじめて、面白かった。
中川　古典の八代集ぐらい読めってよく言われました。
尾崎　それと久保田淳先生が言葉で表す三十一音は、伝統に繋がっていくと書いていらして。伝統を無視するなら短歌をする必要はないわね、五七五七七という定型があるから伝わってきたという面はありますよ。
中川　いま日常を詠むのはかえって難しくて、歌がどうしてもフラットになってきてしまっています。
尾崎　古典とは何なのかを知って欲しいですね。骨格として根幹にそれを踏んでいないとね。
中川　尾崎さんの著書『古典いろは随想』（平成十九年紅書房）のエッセイの冒頭もそうでし

たね。「いろは歌」以前の「あめつちの詞《ことば》」。そして、源順《みなもとのしたごう》の沓冠《くつかむり》歌とか。「くつかぶり」ともいいますけど。

尾崎 あの当時、自分のところに手紙が来るとこれは、沓冠《くつかむり》歌だとか、考えて読まないといけないし、おそろしいわよね（笑）。

中川 「沓冠」って、ある言葉を各句の初めと終わりに一音ずつ読み込むので、そういう短歌の知的なというか、遊び的な要素があって、歌の調べも大切ですよね。

尾崎 短歌の五七五七七っていうのは、昔になるけど私は声楽もやっていたから休止符が入って、四拍子だと思うのよね。音楽性は五七五七七でひとつの音楽ではなくて、その間の休止符も入れて音楽なのだと思うわよ。

中川 謡《うた》うといっても、古代の言葉の音韻と、現代では言葉そのものの音韻が違うのですよね。大学生のときに日本文学科だったので授業で「音韻論」をとったら、「ハヒフヘホ」の「ファ、フィ」や「ツァ」「サァ」などずっと発音を聞かされていましたので（笑）。

尾崎 なかなかできないような発音ですよね。橋本進吉著の『古代国語の音韻に就いて』が刊行になって、東京女子大に入った頃の必読書だったわよ。「水」だってもともとは「つ」に点々の「みづ」だったんですって。そう「ファ」っていう発音でもそうですね。

中川 だから、古典を読むときに、当時の発音も違っていたということでしょうね。ですから、昔の五七五七七の音数も、現代短歌と感覚が違いますね。

尾崎　それに、もともとは、歌は、謡っていたのだから。

中川　以前九州の宮崎で、大島史洋さんの牧水賞授賞式に出席した折、白秋の歌など朗詠を聴きました。聴いていると、白秋とか牧水などの朗詠は、愛唱性という点でいいなあと思うのですね。

尾崎　やっぱり、「アララギ」は男の人中心であったこともあると思うけど。「うた」なんだから、いつも謡っていなければならないと思うのよね。

中川　いまは、声に出さないで、作るひとも多いんですよ。

尾崎　いま短歌を書くっていいますもの。

中川　明治時代以降っていうのは、そういうところがかわってきていますよね。けれども、佐太郎さんのよさは、言葉の響きにあるって、尾崎さんから伺ったことがありますが……。

尾崎　音楽性ということをいうのだけど、みんなが乗ってきてくれない（笑）。

中川　今の歌は、カタカナの表記も多くなっていますし、日常そのままを歌うことが多くなってきていて朗詠はなかなか難しい。

尾崎　可笑しいのよ。鎌倉の鶴岡八幡宮の献詠披講式で、選ぶのも献詠歌も謡いやすい歌と思ったのだけど、前川佐重郎さんはカタカナが入ってるような面白い歌を選ぶのよ（笑）。

若い人でも、山田航さんも結構面白くなるって感じで、仙波龍英さんは、継ぐものを継いでいるし、注目していましたし、仙波さんの歌についてよく話してましたけど、私たちの世代の反発を呼ぶものではなかった。

中川　そうです、パルコの歌も変わらず新鮮ですね。

尾崎　この間、シンポジウムで一緒になった若い世代に物分りがいい人が多いわ。言ってみれば、小さいエリアだけでわかればいいというのは、行き詰まっちゃうかも。百年後に残るとか、できれば千年後残りたいとか思うけれど、一首でもいいから。どっちにしてもこの宇宙空間で瞬時生きるだけだから、力尽くして生きれば自分のために納得いくっていうだけの話で大したことはないんだけど。

中川　指摘なさる物分りのよさがあるとしても、その世代世代で、短歌に懸けることで取り組んでいると思いますよ。

尾崎　そう、短歌は懸けるに足るとは思っている。ところで昔は天文学者になりたかったのよ（笑）。

中川　意外ですね、天文学者ですか。昔は、絵もお描きになっていたし。十二歳から十三歳、詩に親しむって年譜に書いていらして。私は、祖母が「女人短歌会」に所属していました。長沢美津さんも祖母も金沢生まれで、金沢第一高女のずっと同級生で親しくて昭和四十年頃から祖母が誘われてはじめたのです。私が世田谷に住んでいた頃、近くの祖父母の家を訪ねると、「女人短歌」を出してきてくれるので読んでいました。私が第一歌集『海に向く椅子』を刊行したときに、長沢美津さんからお葉書をいただいたんです。

尾崎 そうなんですか。私は、長沢さんに可愛がられていて、家まで何度か伺ったことがありますよ。「女人短歌」に入っていたこともあって、葛原妙子さんも知っているし、その頃の森岡貞香さんも知っていて美しかった。

中川 「女人短歌」って、昭和二十四年発足ですけれど。

尾崎 発足してすぐじゃないのよ。生方たつゑさんにも目をかけていただいたから『さるびあ街』刊行の頃じゃないかしら。

中川 祖母は、「女人短歌」の平成九年の終刊号までずっと所属していて、祖母の「女人短歌」を全部くれたのでとってあります。

尾崎 それは資料としても大事よ。たぶん、誘われたのは、『さるびあ街』が刊行になったからよ。生方さんは大津皇子でしたかしら、書いていらしたから名前は知っていたのよ。群馬の旧家の奥様で、「女人短歌」の会でよくご一緒しました。結構神経質な方で、旧家の身のつらさをおっしゃっていたわ。

中川 葛原妙子さんはいかがでしたか、お会いされていますか?

尾崎　葛原さんとお会いしたことはありますがお話ししたことはあまり記憶にないのよ。でも、フランスの素敵な婦人のような。なかなか存在に重みのある方でしたね。

（一回目　平成二十二年二月十九日（金曜日）　於「沙羅山房《さらさんぼう》」）

尾崎左永子インタビュー②　短歌と言葉とわたし

言葉を選ぶときの品位　―沼空賞受賞歌集『夕霧峠』

中川　ところで、第六歌集『夕霧峠』（平成十年砂子屋書房刊）で第三十三回沼空賞受賞です。

尾崎　『夕霧峠』で貰うとは夢にも思ってなかった。「青年歌人会」の当時のひとたちがいなかったら、歌壇に復帰できなかったでしょ。岡井隆さん、馬場あき子さん、篠弘さんがいて、島田修二さん、武川忠一さん、みんな仲がよかった。

中川　『夕霧峠』は、ご自身のなかでは？

尾崎　あんまり力んだ本ではなかった。綺麗な装幀の本です。

中川　第五歌集は『春雪ふたたび』（平成八年砂子屋書房刊）。その前の第四歌集『炎環』（平成五年砂子屋書房刊）の「あとがき」を読むと、「自然体で、わたくし流に徹する他はない、と思い定めた」ということです。五年余にわたって年に一編、黒黄赤白青の五つの色彩を配して意識的に作ったと記されています。方法意識を先立てていますね。色彩をいかしているのは『さるびあ街』からもうすでに。

尾崎　色についての執着は強いわね。そこでは、色好みよ（笑）。

中川　やっぱり色というもののイメージは大事になさるのですね。

尾崎　そう、色からの連想というのは広い気がしますね。『炎環』は、自分を試したような歌集ですね。あとから読むと気負いがありすぎるわね。でも、あの場所を通らないと平明にはいかなかったのでしょう。

中川　時代の表現ということもあったのではないでしょうか。

尾崎　ありますね。それと年齢も関係あるでしょ。

中川　『夕霧峠』の中で意識的なのは都市詠でしょうか？　『さるびあ街』もそうでした。

尾崎　題材でなくテーマみたいなところが自分にはあるかな。

中川　そうですね。デパートの歌は、第一歌集から登場します。「デパートの階下るときたまたまに高架電車と同じ高さとなる」。

尾崎　これね、今の東横デパート。この歌を作ったときを覚えていて、地下鉄に一番近いところの階段から降りてきたら、下からあがってきた電車と一緒になったのよね。それですごく不思議な感じがして、ここは地上何階って？

中川　銀座線の渋谷ですね。この東急東横店というのは私もよくわかります。十代の頃に世田谷区に住んでいて、渋谷にも行きましたし、またよく通りましたので。この地下鉄が地上に出て、デパートの三階に着くというのも面白いですね。この歌もそうですが、初期の頃から描写をいかしていらしていて。

尾崎　そうですか。じぶんじゃわからない。

中川　昭和二十年代、若い男性の感傷的な歌が多いって、河野愛子さんが「未来」に書いていたのですね。涙をこぼすとか、どうしようもない孤独感をもったり、悩みが深くてかなしくなったり。やっぱり当時の歌い方があったと思うのです。かなしさ、さみしさ、くやしさとか戦後という時代の中で共有できる感情というのがあって。

尾崎　そう思いますよ。さみしいとか、かなしいというときの言葉の覚悟を持てって佐太郎先生に言われましたね。さみしいからさみしいというのはよせって言われたりして。要するに削りとっていって残らないようなものは作るな、なのよね。だから、削る技術っていうのは結構勇気が要ります。ただ佐藤佐太郎を先生に選んで、あの厳しさの前で耐え切ったということが、私のその後の暮らしを支えたわ。このくらいの俗っぽい苦しさに耐えられないことがあろうかと思っていたのよ。

中川　佐太郎さんの教えは、歌を作るときだけでなく、離婚後の日々を精神的に支えたということですね。それは、生き方にまで大きな影響があったということですね。

尾崎　例えばね、台本なんか書いているとここにもう一人女優をなんて、言われることがあるのよ。でも馬鹿馬鹿しい、俗っぽいなんて思わないで、ちゃんと応えられる。心と別の技術があるわけでしょ。それは、作家になってからわかったわよ。俗を捨てることばかり習ったけど俗でもいいから、品位を落とさない方法なんていうのは、放送作家になってから得たのだと思いますねえ。

中川　俗であっても品位を保つのは、実際難しい。

尾崎　そのことが、支えになっていたのよ。人間の品位みたいなもので、捨ててはならない芯みたいなものよ。人間がつらくっても耐えられるのは、生についての尊厳よ、つまりいのちそのものの大切さ。そういうものを俗なもので、けがしてはいけないのだということを教わったのだと思っている。だから、言葉を選ぶときにも品位よ。

中川　「純粋」ってことですね。言葉ってこころそのものだから、そうです。

尾崎　それを先生に、平俗って言われたときのかなしさったら、ないわ。それを長澤一作さん、田中子之吉さんにしてもみんな評されて。ただ川島喜代詩《かわしまきよし》さんに「外連味《けれんみ》」を先生が認められていたのはあなたと僕だけですねって言われたわ。

中川　そうだったのですか。「外連味」って、飾りがないとかありのままという言葉の意味の反対で、言ってみれば奇抜さというか俗受けをねらった方法ってことですよね。

尾崎　だから、「外連味」は、或る意味では表現の冒険でしたね。俗であっても認められたのは、川島さんと私。川島さんの場合は兵隊にいったときの傷みたいな、心の闇みたいなものを持っていたから、非常に繊細でいい歌を作っていた。浅草生まれの江戸っ子、家は帽子屋で、おとうさまが「喜代詩」とつけたくらいハイカラ、やっぱりあの人の言葉の技術っていうのはすごかったですよ。

中川　そう、言葉が洗練されています。当時そういうかたちで、皆切磋琢磨していらしたんですね。

尾崎　そう、長澤一作さんが長兄で、田中子之吉さんは長澤さんに次ぐくらい古くから「歩道」にいらしたかしら。山内照夫さんと私が一緒くらい。川島喜代詩、あとは、菅原峻《すがわらたかし》。その人たちで「運河」（昭和五十八年）の創刊。いずれ、「運河」のこともお話ししなくてはね。

中川　阿部静枝さんの告別式の帰りに、佐太郎さんとご一緒になって、珈琲をご馳走になったとき「五十になったら短歌に戻ってきたまえ」って、尾崎さんの戻るべきところを示唆してくださったので、尾崎さんは「運河」の創刊前に一度「歩道」に戻られています。さまざまなターニングポイントがあったのですね。

文学少女時代

中川　一度お聞きしたかったのですが、いままで「アララギ」に入会しようとは思わなかったのですか？

尾崎　残念だけれど、自分にとっては、ぴったりこないところがあって入会しなかった。斎藤茂吉もまだわからないところがあって。高田浪吉、岡麓とか、落合京太郎、吉田正俊など「アララギ」の上の方に出ていた方も。短歌を学ぶのに、最初は、中河幹子さんのお弟子のところに行っていました。いろんなものを読んでいて、長塚節に特に惹かれたのは、十五、六歳くらいですよね。だから長塚節が今でも好き。

中川　馬場あき子さんも同じく長塚節に惹かれたのですよ。尾崎さんは、短歌をはじめるまでに俳句や詩も作っていらした。

尾崎　そうですよ、詩も書いていたし。小学校四年生のころは、祖母が私に俳句を作らせていた。学習院をやめて千葉の師範の学校に編入になって、そこでいじめられたわけ。

中川　ちょうど年譜の「昭和十二年　父の病気療養に伴い千葉県姉崎に転地」の記載のところですね。

尾崎　自由律俳句みたいなのが父は好きで、荻原井泉水《おぎわらせいせんすい》の句集を、私が女学生の頃に読ませたのです。俳句作れないって言ったら「木枯らしは星吹き落とせ吹き落とせ」を作ってくれたのを覚えているのですけれど、学校に出したら誉めてくれたわ。女学生時代に、寺田寅彦の文章も読ませられて、北原白秋も片っ端から全部読みました。

中川　そういうことであれば、一番鮮烈な出会いって教えていただけますか？

尾崎　佐藤佐太郎ですね。昭和十九年ですね、『しろたへ』が出たころ東京女子大に行っていた当時ですので、歩いて通っていたのですよ。そのとき、本屋があってそこで買ったのね。詩集も買って読んでいましたよ、白秋も三好達治も河井酔茗《かわいすいめい》とか。

中川　文学少女だったのですね。

尾崎　そうですねえ。詩も多く書いていたし、交換日誌みたいに詩とか考えたことかをノートに書いておくと、ちょっと朱入れて戻してくれたりして……。松村緑先生。「薄田泣菫」で第六回日本エッセイスト・クラブ賞を受賞なさっていて近代文学者です。

中川　松村緑先生は、東京女子大国語科のときですね。本阿弥書店「歌壇」（一九九四年十二月号）の尾崎さんの特集の自筆年譜に、最初の小論文の題は「現代短歌の口語化について」。歌集『さるびあ街』の中に、口語が入っていますね。

尾崎　でもそれは意識して作ったわけではありませんよ。

中川　そう、ずっと文語の文体ですね。

尾崎　ともかく濫読でしたからね。当時短歌史も読んでいましたね。日本評論社から石山徹郎《てつろう》の『現代短歌』、古い、古い。舐めるほど読みましたね（笑）。

どうして父が宮内省にいたのかというと、父は東京生まれで高等師範付属、一高に行って、帝大の法科を出て、内務省（後に宮内省）の官吏でした。牧野伸顕さんという、のちの宮内大臣は母の親戚だったのよ。内務省の内部を改革するのに、誰かいないのかということで、父に強くお誘いがあったのよ。大正天皇の御大葬《ごたいそう》のときは、昭和天皇の大礼使《たいれいし》を務めていますよ。テレビの映像で昭和天皇のご即位が映し出されたら、父が一番前を歩いていましたよ。

中川　とても偉い方だったのですね。

尾崎　特別に身分が高いとかそういうのではなくて、よく出来たのでしょ。母方の本家が秋月。母方というのは元華族の分家になるわね。母の父は明治天皇の侍医だったのよ、父方も医者の系統です。

中川　そうなんですか。

尾崎　父方は江戸の幕臣で、母方は勤皇。母の父っていうのは、すごくハイカラで、母も華族の女学校でハイカラ。明治時代から朝は、食パンと珈琲と牛乳だった。だからちょっと考えられないでしょ。火鉢に炭を熾して、パンを焼いて牛乳は牧場から毎朝届けられたのよ。牛込あたりって、上屋敷の在る場所で昔屋敷町だったわ。父の方は幕臣なのにやっぱり牛込に住んでいて、そのあたりが江戸城からはいわゆる山の手だったわ。

中川　いわゆるエリートだったのですね。その家で育った尾崎さんにとって文学に取り組むってどういうことだったのでしょう。

尾崎　文学全集はあったし、母がしょっちゅう本を買ってきてくれたわ。「少女の友」も文学的な本だった。その編集長は内田百閒《うちだひゃっけん》の娘婿の内山基《うちやまもとい》。その人が文学少女を育てるような欄を作っていたのよ。それで精神的にはおとなぶっていて、東京ってそういう感じがあったのよ。松田瓊子《まつだけいこ》の小説が出て変わったかしら。

漢詩のこと　—佐太郎の歌

中川　ところで、尾崎さんも漢詩を作られたことがありますが、佐藤佐太郎さんは蘇東坡《そとうば》をお好きでしたね。

尾崎　北京に行ったときに『蘇東坡全集』を買ってきて、字をみると関心をひいたのはこれだって。字の形を見ているだけでも佐藤佐太郎の世界に近い。

中川　どういうことですか、それは。

尾崎　わああーと漢字、その字の並び方をみているとそこに出来上がっている世界というか、自然の世界、それはたいてい七言絶句とかそういう絶句なんですけど、それは佐藤先生の歌に生きてるなっていうか、近い。たとえば、星が流れているという言葉なんて、非常に美しい。文章も多くあるけれども、絶句をみるかぎり、白楽天や李白に比べて、先生が蘇東坡に惹かれたっていうのがわかる。

中川　近藤芳美さんもそうですね。漢詩文に関心があって、歌会のときに「皆さん、読むんですよ」と教えられました。

桜の歌

中川　ところで、「歩道」は学ぶ場だっておっしゃっていましたね。
尾崎　そこに出ている私の歌なんて恥ずかしくてみせられないわよ。
中川　それで、田中子之吉さんが「歩道」にはじめて載ったのは、昭和二十一年の三・四月合併号っておっしゃっていて、最初は酒巻磋瑛子《サエ》。
尾崎　それは本名で、漢字をまちがえられると嫌だからそれで平仮名にした。結婚して昭和二十六年ごろでまた名をかえたわ。
中川　それでは、歌集『さくら』（平成十九年角川書店）についてうかがいたいのですがその前に、「短歌」（平成十年四月号）で尾崎さん、雨宮雅子さん、松坂弘さんの座談会「桜ばな生命をかけてわが眺めたり」がありましたね。「さくら」って尾崎さんにとって何なのだろうかって思いながら読み返しました。朗読のときにも、「さくら」の歌でした。
尾崎　変な歌、出してないかしら。
中川　そんなことないです。この間何かの会でしたか、お話をうかがっていて大事なポイントだなあって思っていました。平成十九年三月刊行の歌集『さくら』の「あとがきとして　花のあと」に「苦しかった戦中戦後を経て、私は永いことさくらの歌を詠むことができなかった。戦の記憶のどこにもさくらが咲いていて」と記されています。平成十年の先ほどの座談会では雨宮さんは「軍国少女の見た桜」であって「子供のときの私の家は九段の上の麴町で、お花見というと千鳥ヶ淵や靖国神社でした。軍国主義教育が徹底していた時代の女学校に進んで、桜の花はすごく潔いというふうに教え込まれて疑わなかったのです」という発言がありました。その発言を受けて、尾崎さんはその桜というのは、「同期の桜、ですね」って応えていらっしゃる。桜というのは、戦争とどう重なりますか。

尾崎　桜は大好きなのよ、どう言っていいのか、戦争にどうしても結びついちゃうのですよ。戦後ね、東京の焼け跡に最初に咲いたのは秋桜《コスモス》。そして、戦後すぐの春にトタン屋根のいっぱいあるところ、その間からわあああって桜が咲いたの。綺麗よ、きれいだけど、だって桜って戦争で死んだひとたちの精を吸って咲いているって感じが、リアルでとても駄目だった。でも、日本の桜でないとよくないわね。カナダや上海でも見ているけど。日本のように湿気があって、霞の中で見ないと本当の美しさってないと思うの、マッスの美しさ。桜の歌は、佐藤志満さんと「紅霞（こうか）」って雑誌に何度か頼まれて出している。そのうち三輪神社に行くようになって、魂鎮めの祭り、その頃から歌えるようになった。

中川　三輪神社に行かれるようになったのは、その頃からですか？
尾崎　前から行っていたのですが、そのひとたちと仲がよくなったのは、昭和六〇年代かしら。いまは、一年に一遍は必ず行くけど。ここで踏み切らないと折角美しい好きな花を純粋な形でみられないなあと思って、だから、角川叢書の歌集に、桜を詠んでみるって私から言ったのよ。桜と対決してみようって。戦争から戦後にかけての自分の生活だけでなくって。
中川　それは思想ですか？
尾崎　思想ではないですね。思想って大事なものだけど、たとえば、乗って行く気はしないのね。列をなすことも集団をなすこともあんまり好きじゃない。それも戦争の影響。列の恐怖というのは心象だから、わからないのよね。例えば、フリーだっていっても作家協会の人間だし、でもNHKにいたとき、安保反対も皆飛び出ていくのよ。それがいまの新しい生き方って。つまりそうやって入ってジグザグでのデモをした方が勇ましいし、その時の思想にあわせている方が、楽よ。しかし、私はつらくても一人でいる。だって戦争のとき巻き込まれて、知っている人は多く亡くなって。ひとりひとりの人間でひとりひとりの命なんだから。だから、集団にされるっていうのは恐怖感が強い。ひとりでいるのって、楽よ。でもひとりでいるのってすっごく難しい。
中川　その通りですね。

尾崎　流れに乗ったほうが楽よ。楽だから流れに乗っちゃうのって思うのよ。だから列の外で黙って見ている方が、勇気がいるのよ。

中川　それは同感です。どうしてもある時まで尾崎さんの桜が戦争に結びつくということもわかりました。では、桜の歌についてです。

尾崎　ほかの歌人がどう詠むのかは勝手じゃない（笑）？

中川　馬場あき子さんの桜の歌「夜半さめて見れば夜半さえしらじらと桜散りおりとどまらざらん」「さくら花幾春かけて老いゆかん身に水流の音ひびくなり」

尾崎　素敵じゃない。いい歌いっぱいありますよ。

中川　岡本かの子の桜の歌はどうでしょう。「桜ばないのち一ぱい咲くからに生命《いのち》をかけてわが眺めたり」っていう「さくらばな」の歌。

尾崎　あのときはね、桜が戦争と結びついていませんでしたから。エネルギッシュな歌人でないと受けとめられないでしょ。

中川　ええ。

尾崎　取り込まれるか、流されるかでしょ。ただ、ここで書いているけど、花の渦。そこに花の精とかあるんじゃないかと思ったくらい。

中川　日本的というか。

尾崎　日本の多湿な風土だから、桜が美しいのよね。

中川　歌集『さくら』のエッセイ「花の渦」に「風の勢いに押されて、思わず立ちつくした私を捲いて、花びらの群が躍った。流れた。捲き上がった。私は、一瞬、つむじ風の中に捲き込まれたのである」と記されていて、驚くことにとっても幻想的ですね。

尾崎　ほんとに息が詰まりそうだった。これでいろんな経験をした。桜ののろいを振りほどく契機になった。

中川　鎌倉はもとより、東北の弘前城や北陸の白山比咩《ひめ》神社の奥など、こんな短い期間でこんなに歌えるものでしょうか？

尾崎　ふ、ふ、ふ。うたったのよ（笑）。「さくら」で一冊にすると考えてから百五十日くらいね。この装幀ね、どちらがいいかって角川さんが持っていらしたのよ。この闇の桜の方にしたら、金粉があって帯も透けていて洒落ているでしょ。

中川　きっと特別な装幀ですね。

戦後の映画・舞台　―沙羅山房にて

中川　それでは、最後に『さるびあ街』の映画の歌についてです。「相抱くクライマックスも心虚しく観をれば単純に映画は終る」「みづからを紛らはしつつゐる意識映画みに行く時もまつはる」と詠んでおられます。当時、どんな映画をご覧になっていたのですか？ 少し調べてみました。たとえば、イブ・モンタンの「恐怖の報酬」、マーロン・ブランドの「波止場」、オードリー・ヘプバーンの「ローマの休日」など。

尾崎 もちろん、みんな観ていますね（笑）。二首目のその歌は、映画を観ていることに没入して自分の苦しみを紛らわせるという意味ですね。他にたとえば、「安城家の舞踏会」とか。森雅之と原節子。森雅之は素敵だった。

中川 映画ってよくご覧になったのですね（笑）。

尾崎 当時はたいして娯楽がないから。それと音楽会と歌舞伎。歌舞伎なんて、昭和二十年十月、最初の公演の帝劇（帝国劇場）から、そして東劇（東京劇場）なんていうのも観ているわ。帝劇は「鏡獅子《かがみじし》」で六代目尾上菊五郎。東劇では、市川猿之助が出演して「黒塚」とか、印象に残っていますよ。

中川 「黒塚」はお能じゃなくて？

尾崎 これは歌舞伎十八番にもあるのです。戦争中だって防空頭巾かかえて、ずっと演舞場に通ったもの。おにぎり持って。戦後は朝から晩まで。

中川 そうなのですか、戦争中もなんですね。

尾崎 その頃は派手なものは出来ないので六代目の菊五郎、先代の三津五郎、あと狂言の「棒《ぼう》縛《しばり》」とか、そういうのをやって。いま思うと行くお金がよくあったものですね。
中川　しかし、とても驚きです。当時の「アララギ」に出詠の他の方の歌を読むと、食料の買い出しに行ったり生活物資は不足し、生活にやっとだったりして。観劇に行ったということは聞いたことがなかったですね。
尾崎　でも、姉と一緒、三階席で朝から晩まで観に行ったわよ。それが随分役に立っているわよ（笑）。いろんな名舞台観てんのよ。「成駒屋」なんて隣席の人が叫んだりして（笑）。
中川　お能はどうですか？
尾崎　お能もね、もちろん。というのは、東京女学館の仲良しの同級生で観世さんという、太鼓方の家元のお嬢さんがいらして。家が近くてお父様が可愛がってくださって、珍しい曲が出るときに、枡《ます》席をとって誘ってくださるの。でも皆坐るのが苦手で逃げちゃうの。最後までずっと観ていたのは、私。いつでも呼んでくださった。喜多六平太《きたろっぺいた》の「船弁慶」なんていうのも観ていた。
中川　その喜多六平太《きたろっぺいた》という方はどんな風に素敵だったのですか。
尾崎　素晴らしかった。六平太の「船弁慶」が終わって、中入りっていうのがあって、幽霊になって出てくるのを観ていたら、素敵でぞおーっとしたの（笑）。
中川　幽霊で素敵なんですか（笑）？

尾崎　それでね、それからして六代目菊五郎の「船弁慶」みたのよ。それで、お能と歌舞伎の違いがわかったわね。室町時代と江戸時代、お侍と町人の違いがあるって。踊りの華やかさも。

中川　お能は馬場さんも。喜多実さんにつかれていました。

尾崎　ここにこの間書いた、「源氏」についてのもともとの本を見せてあげるわね。これが最初、綺麗？　それと文庫本はこれ。

中川　文庫だとこうなるのですね。

尾崎　おもしろかったのよ。「源氏における手紙の美学」って書いたのが刊行のとき『源氏の恋文』ってタイトルになって、松尾敏男《まつおとしお》さんに装幀が決まってほっとした。

中川　日本画家の松尾敏男さんってご存じでした？

尾崎　いや知らない方。うれしいですよ。鎌倉に生まれた方の名前をあげると、小泉淳作《こいずみじゅんさく》さんは、建長寺と建仁寺の龍の絵で有名だから。いま東大寺の襖絵を画いていらして、私より年上よ。

中川　そうですか。装幀もよおく見せてください。本の最後の頁に署名のある「沙羅山房《さらさんぼう》」ってどこなのですか？

尾崎　それはね、ここよ（笑）。庭に沙羅の木があって、でも、ちっとも最近咲いてくれないので、使わないのよ。

中川　面白いですね（笑）。

尾崎　こんどまた、いついつって言わないで家にいらっしゃい。いいわよ。

中川　ありがとうございます。短歌に纏わる深いお話をありがとうございました。

（二回目　平成二十二年二月二十三日（火曜日）　於「沙羅山房」）

Ⅲ章

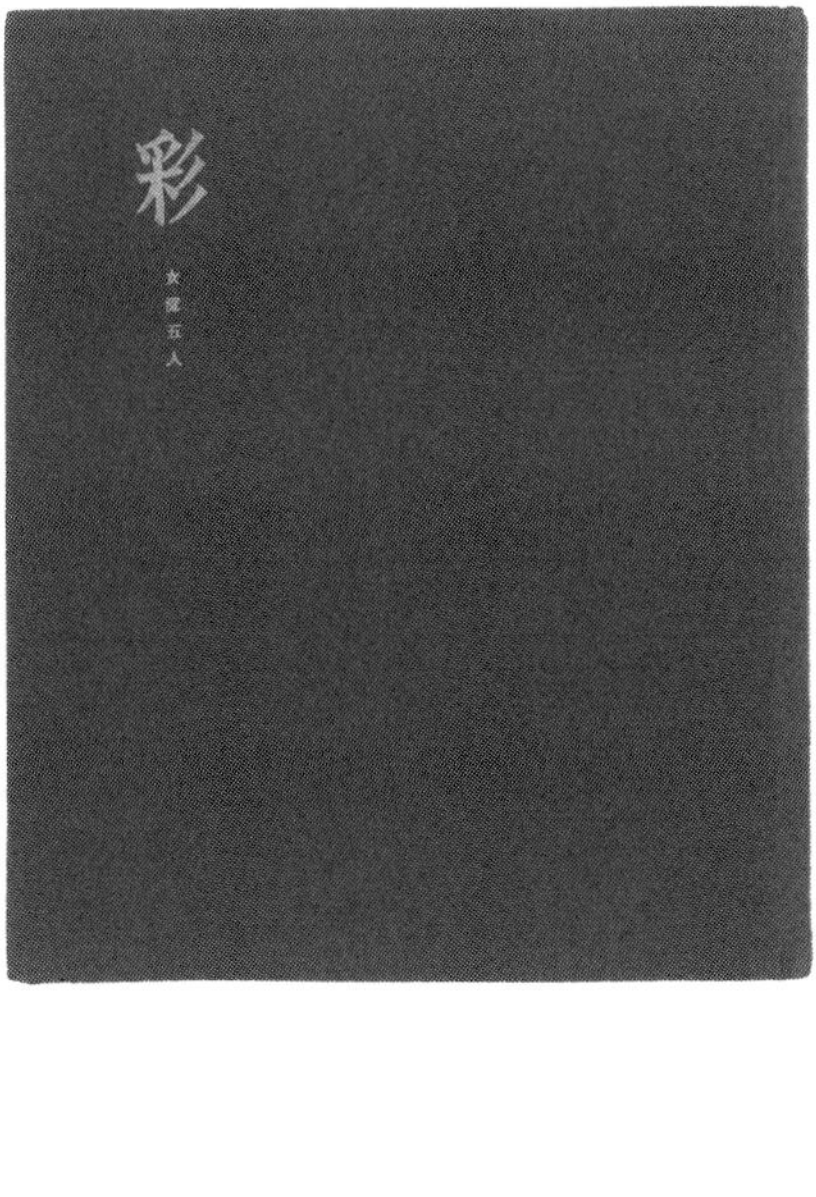

歌集『彩』昭和40年6月26日刊（新星書房）

都会的な知的抒情

尾崎が佐藤佐太郎門下であること、東京生まれという出生地、昭和二年生まれで多感な少女時代に戦争があったということ、『源氏物語』や『古今和歌集』や『新古今和歌集』など関心を寄せた古典の世界など、それぞれが尾崎左永子の歌に大きな影響を及ぼしている。そして、第五歌集『春雪ふたたび』（平成八年砂子屋書房）と最新歌集である第六歌集『夕霧峠』（平成十年砂子屋書房）を刊行するに至って、都会生活で感じる何か欠落しているという思いや憂愁を持ち合わせていて、しかし、理知的なものを決して表立てない、都会的な知的抒情というのがここで結実を見せている。

二歌集から何首か歌をあげてみよう。

前歩む人との距離の離《さか》りゆく鋪道にまひるビル風の立つ
夜の闇に吊られたるごと空港に降《くだ》る飛行機の灯がうごく
シースルーエレベーターが灯《とも》しつつ降《くだ》りくる夜《よ》の街雪となる

『春雪ふたたび』

『夕霧峠』

閉ざされし地下珈琲店の空間に孤りしをればかくもくつろぐ

地下鉄の螢光灯に力無き貌並めて祝宴の帰路の人群

ところどころ窓の灯欠くる高層のビル遠し残紅を背景として

地下に入る電車あらかじめ灯を点《つ》けて雨ふる昼の駅発ちゆけり

この二歌集の歌は六十歳代半ばより七十歳に入った頃にあたる。都市の確かなデッサンや言葉の簡潔さや自己の静かな省察、こういうところに佐藤佐太郎門下を出発点とした尾崎の感性が出ている。どの歌も言葉の飾りが無くひとつの場面を描いている。

一首目、前を歩いている人と歩く速さがちがうので距離があいていく。距離があいたところに、人がひとりずつ切り離されたかのようである。昼間のビル街の風がたっている情景で、人との間を吹いていくビル風の即物的な感じが出ている。二首目、夜の闇のなか空港に降りてくる飛行機を眺めている。まるで操られたかのようなのは遠景だからだろう。三首目、シースルーエレベーターの灯りが雪の夜の街に印象深い。現代的なワンシーンである。雪となった街のひんやりとした空気へ、中の人も空気も吐き出される。四首目、「地下珈琲店」という閉ざされた空間。そこにいると、不思議なことにくつろぐのである。いかにも、都市の見えない空間になじんでいる孤の貌をもったひとりである。五首目、祝宴の帰りの人々を描いて現代の都市社会の渇きや疲れに実に敏感だ。都市で暮らしている人々のふとしたときに出るやりきれなさや侘しさを内包する。六首目、ビジネス街の高層の窓の灯がところどころついていないのは、もう仕事が終わってそこに人間がいないからである。縦の空間にいた、いまは不在の人間を「窓の灯欠くる」と表現する。七首目、これから「地下に入る電車」の予めついている灯。余剰を排していて言葉運びの確かさによって場面がいきている。

第四歌集『炎環』（平成五年砂子屋書房刊）においても、

ふるさとといふべく寂し白昼にガラスの光充つるわが都市　『炎環』

と、ガラスの光という無機的で危うげな物に託して「都市」を詠んだ歌があり、透明感のある哀愁が出ている。

都市での暮らしは、どこか浮遊感を持つが、逆にそういう漂う感覚を主題としながら根を張り、生活者として生きている姿というのが歌集から立ち上ってくる。

さて、その都会的で知的な抒情というのは、第一歌集『さるびあ街』（昭和三十二年琅玕洞刊）にすでに見られる。

鋼鉄の匂ひともなふ地下鉄のぬくき空気が鋪道に流る　『さるびあ街』

うつつなく電車にをれば軸もちて回るごとくに街曲りゆく
最上層の窓よりみゆる港には靄だちながら夕日さしたり

都市の風景の雰囲気と自己の心象というのがうまく合っている。三首ともに都市に暮らしておれば目にする光景をどう切り取るのか工夫している。

一首目、「地下鉄のぬくき空気」が体感を通して伝わる。二首目、電車のカーブするときを「軸もちて回るごとく」と体感で伝える。三首目、「最上層の窓」より一望することが出来て見下ろしている港。港には靄がかかっていて夕日がさす光景は美しいしスケールが大きい。

変貌していく都市に住むと、人間性を無くしていくような感じを持つが、またそういう都市の一面に、愛着という複雑な感情を持つ。

ふかぶかと都会を抱き川濁る川労働の滓を運びて

馬場あき子『地下にともる灯』

生活の軌道となりて地下めぐる二つの路線光を知らぬ
吊皮をもつ手ゆずりてそれぞれに疲労を分かつ表情をせり
すきとおる厚きガラスの扉に立ちて無表情なりボーイの姿勢

生活の何をささえて川ありや貧しき人多くほとりに住めり

都市詠において馬場と尾崎の違いがよく出ている。

馬場の第二歌集『地下にともる灯』（新星書房）より五首あげた。刊行となった昭和三十四年というと六〇年安保にむかう時代背景があり、そういう大きく動いていった社会状況のなかで、馬場は、生活すなわち「労働」に密着した都市を詠む。都会を流れる川に労働の滓が浮かび、生活の軌道として地下鉄は巡り、吊革をつかむ疲労している働く人、瀟洒な厚いガラスの扉に立つ無表情のボーイ、あるいは生活の何かを支えるために川のほとりに住む貧しい人に焦点を合わせていく。都市に暮らす人々を詠み、そこに「労働」を見ている。そして、疲労している労働者、貧しき人々などを詠んでいるが、これは馬場の後年のテーマである「鬼」に繋がっていく。

そして、尾崎の第一歌集『さるびあ街』に在る、かなしみを包みこんだ人間という意識は、孤独感をたたえていて常に内側に切り込んでいく。歌集の刊行を前にしての離婚、そのつらい日々を抑制を効かせて詠む。深い寂しさがまた日々を支えるものであった。

かたはらにおく幻の椅子一つあくがれて待つ夜もなし今は

大西民子『まぼろしの椅子』

朝床に醒めつつ暇《いとま》あるゆゑに別れし夫《つま》を思ひてゐたり

尾崎左永子『さるびあ街』

ここで大西の昭和三十一年刊行の第一歌集『まぼろしの椅子』（新典書房）より歌をあげよう。この歌は、背信の夫を一途に待ち続けるという妻の心情を哀切に告げている。「あくがれて待つ夜もなし今は」と詠み、夫を待ち続けて「幻の椅子」に象徴される悲しみを自らの歌の原点において、粘り強くテーマとして太らせていった。大西民子は大正十三年岩手県盛岡市生まれ。盛岡高女四年卒業後に奈良女子高等師範学校文科に入学、戦争激化により六か月繰り上げ卒業後に岩手県立釜石高等女学校教諭となり、艦砲射撃によって壊滅した釜石市より担任の一年生と共に避難した遠野町にて終戦。昭和二十二年に岩手県立釜石工業高等学校教諭と結婚して翌年死産を経験し、夫と共に昭和二十四年に大宮に移り住むという、激動の日々であった。

この一首目の「幻の椅子」に表される「待つ」という夫への情愛の深さは、自らの出自への拘り（たとえば、「アンダルシアの野とも岩手の野とも知れずジプシーは彷徨ひゆけりわが夢に」『まぼろしの椅子』）や人との繋がりの強さ、そういうところが言ってみれば陸奥《みちのく》の人の感性と言っていいだろう。一方、尾崎は離婚に至るまで打ちひしがれながら、心の葛藤から抜け出そうとして「離婚の慰謝料を処女歌集に注《つ》ぎ込んだ。蛮勇をふるったような気もするが、これで心にも決着がついた」（『自伝的短歌論』）と述べる。ここにも、尾崎のいかにも都会人らしい個としての感性が働いているといっていいだろう。

『さるびあ街』の「後記」によれば、佐太郎の門に入って作歌をはじめたのは昭和二十年からと述べる。当時松田さえこの名で歌を発表し、昭和三十年代の歌集のなかにあって、尾崎の歌集は個の苦しい内面を清新に告げていた。自分とは何かという突き詰めた問いは、言ってみれば、自分らしさを求めたゆえであろう。自立してゆく女性のきびしさというのは、当時であればなおさらのこと。孤独感にたえる日々は、歌人尾崎左永子に勁《つよ》い精神を与えた。自立して放送作家という、時代の先端で仕事をし、その後再婚、子育てをし、夫がハーバード大学に研究留学中のため、米ケンブリッジ市に住んだ。そういう日々を経て『夕霧峠』に至るまで、さらに都会的な感性をはぐくんでいくことになる。尾崎の都市詠はそういうまさに生の深処より歌い出されている。

短歌から長く離れていて昭和五十八年に「歩道」に戻ったが、「運河」の創刊に伴って創刊同人となった。歌集の刊行は、第二歌集『土曜日の歌集』（昭和六十三年沖積舎）、第三歌集

『彩紅帖』（平成二年紅書房）『炎環』『春雪ふたたび』と続く。歌集『夕霧峠』によって、第三十三回迢空賞（選考委員は岡野弘彦・島田修二・塚本邦雄・前登志夫）を受賞した。

休詠の時期があるといっても、放送作家として活躍していたので、執筆の生活であったことに変わりはない。『夕霧峠』の「あとがき」によれば、歌集収録の作品を作っていた時期に、『新訳源氏物語』（全四巻）（平成九年小学館刊）や『源氏の明り』（平成九年求龍堂刊）、『かの子歌の子』（平成九年集英社刊）のため、睡眠時間を切り詰めて執筆の日々であったという。また「私の原点は短歌であるということを、改めて強く意識した時期でもあった。そして短歌とは『祈り』に他ならない、としきりに思うようになった」と記す。体温がしずかに伝わってくる歌の変化は「祈り」という境地に至り着いたゆえであろう。

行く先もわが後《あと》も頭上もさくらさくらいましばしひとり花に捲かるる
雨の日のさくらはうすき花びらを傘に置き地に置き記憶にも置く
『夕霧峠』

『夕霧峠』より二首あげた。これらの歌は、尾崎のもうひとつの持ち味で、自然に向くときの柔らかな息づかいが出ている。桜という日本的な風趣の対象に感応していながら、しずかに自分を見つめている。

一首目において、風に捲き上がった桜の花の渦のただなかで「花に捲かるる」という花の滅びに向かう華やかな情景に自らを解き放ち、内面へ向けて「いましばし」であり「ひとり」という深い感慨に基づく言葉である。二首目、桜を境涯に引き寄せて言葉の重ね方が平明である。傘に散りかかる桜の花びらはなんとあでやかなことか。虚空を舞って地に至る花びらの風情は、自らの記憶の何かも呼び覚ますという。

敗戦後のさくらの記憶かがよへば自縊せし青年Ａ氏の記憶　『炎環』

桜は尾崎にとって、散華を思い起こさせるという。そして『夕霧峠』の「雨の日のさくらはうすき花びらを傘に置き地に置き記憶にも置く」は、自らの来し方を思わす。醒めた意識が匂やかで鮮明だ。雨の日のさくらの美しさは、戦争ばかりでなく、愛にまつわる記憶もそのなかにまじっているのではないか。

『尾崎左永子の古今和歌集／新古今和歌集』（昭和六十二年集英社刊）の前書きによると「私は写実短歌の出身なので」と尾崎は記している。そして、東京女子大国語科を卒業するとき「湯原王《ゆはらのおおきみ》研究」を書いたということであった。「湯原王は万葉歌人の中で最も王朝に近い歌風をもつ作者である。『萬葉』に偏りながらも、本質的には当時から『王朝』に魅《ひ》かれ」ていたとも記す。ありのままの自分を求める尾崎の根のところにあるのは、先の桜の歌が示すように、こういう嫋やかさへの志向なのだ。師とした佐太郎も古典からの摂取はあるが、ここは尾崎が自らあらたに開いてきた抒情なのである。

おしなべて星移る音聴くごとく耳鳴る冬夜ものを書き継ぐ　『夕霧峠』
時を経て夢に入り来ん朴の木は秋の葉垂れて霧に立ちゐき
シャガールの絵の花嫁は抱かれて空翔びゆかん夜の星浄く
桐の花過ぎてかへりみざりしかどいま音立つる桐の葉の雨

鎌倉周辺の生活や、歌集巻頭で結婚間近の娘への母としての思いが『夕霧峠』には素直に歌われている。「星移る音聴くごとく」「秋の葉垂れて霧に立ちゐき」「シャガールの絵」「桐の葉の雨」など、それぞれ思わず立ちどまる表現である。

あえかなものの感受、清らかさの希求、時間への強い意識というのは尾崎の特徴である。一集を通して、対象に向かうときのゆったりとした息づかい、平易に歌いつつ選び抜いた言葉や誇り高さやしっとりとした情感を感じる。この歌集によって得たものは、今という時間においてのありのままの姿の勁さだろう。そして、過ぎゆきの時間を一方に据えて、今生きる姿を対象化する。『夕霧峠』になって、尾崎は自然な自分に至ったのである。

生きてあることの不思議を思ふまで散りやまぬ落花の下に佇ちゐき　『夕霧峠』

夕ぐれは日に日に伸びて昏れのこる菜の花の黄の漂ふ如し
水の香と花の香木の香動かして渓わたりくる風に吹かるる

「生きてあることの不思議」や「昏れのこる菜の花の黄」などいのちを慈しむ視線を身辺に得ることによって、歌に広がりを持たせる。また三首目のように「水」「花」「木」という自然への心寄せを詠む。

『春雪ふたたび』の「あとがき」に「鎌倉住いも二十年になった」また「まだ自然の気ののこるこの地に住みついて、自らも深い息づかいをいくらか会得したような気がする」と記す。落花の下に佇み、自然をわたってくる風を受け止めている。

おそらく、この自然のなかを漂うような感覚は、東京という都市に生まれて長く暮らし、歌は「祈り」であると気づいた尾崎の新たな視点である。言い換えれば、聴覚や視覚を鋭敏に働かせながら歌い、都市生活者の都会的憂愁を帯びた、尾崎の一貫した主題はここでひとつの結実を見せている。

（角川「短歌」平成十一年十二月号に加筆）

合同歌集『彩』

昭和三十二年、尾崎左永子は第一歌集『さるびあ街』を刊行した。その後昭和四十年六月に刊行した『彩』（新星書房）は、篠弘の解説で、馬場あき子、大西民子、北沢郁子、山中智恵子、尾崎の五人による合同歌集であった。この歌集『彩』の奥付をみると、著者代表は尾崎磋瑛子となっているが馬場あき子が中心であった。

この合同歌集に、尾崎磋瑛子「巨大都市」八十六首、大西民子「かたちなき岩」九十首、北沢郁子「落葉樹」九十三首、馬場あき子「イザナミの森」八十六首、山中智恵子「会明」六十六首と長歌二首が収められている。順に歌をあげよう。（歌の表記については、歌集に収めるときと異なる歌もあるが、全て『彩』の表記に拠る）

ころげゆく愛の脱け殻追いつめて比良坂の辺に燃ゆる大岩　馬場あき子
むくろじの森はほのけき夕あかり待ちてうたわんイザナミのうた　同
一粒の火種を未だ持つわれと夜もすがらなる風を聴きゐし　大西民子

象《かたち》なき岩が夜毎に現はれて水のゆくへを塞がむとする　同

疾む眼には明るすぎバスの天窓に織き欅の梢走れり　北沢郁子

われを憎む声も聞えて夏の枯葉散る音なりき昨夜聞きしは　同

三輪の山師木《しき》の水垣《みづがき》石は踏むとも国の会明《あけぼの》にわが逢はざらむ　山中智恵子

三輪山の背後より不可思議の月立てり　はじめに月と呼びしひとはや　同

最初の一、二首は、馬場の「イザナミの森」より。合同歌集『彩』のエッセイに馬場は、「ふとしたゆきちがいが生んだ蹉跌の中の悔いのような抒情を、私はむくろじの森に感じました。それは、長い時間の糸を手繰りながら幽界から戻ってくる能の女のように、どこかさびしいが、深く執して残るものがあったのです」と記す。「イザナミの森」は連作であって第三歌集『無限花序』に収録でテーマ制作と言ってもいいだろう。

馬場のテーマ制作としては「橋姫」がターニングポイントとなった作品で同じく第三歌集に収録。『寂しさが歌の源だから』（角川書店刊）のなかで、馬場は穂村弘のインタビューに応えて「橋姫」について次のような発言がある。

何かになぞらえて自分が語れるというか、テーマ制作でいこうという方向を持ったのですね。例えばそのころ島田修二さんは「白虎隊」をやってますね。武川忠一さんは「ヤマトタケル」をやり、私は古典の中の場をとるというより創作しちゃおうというので、創作古典として「橋姫」が出来ました。（略）そこのところで山中さんとフィットするものがあって、『女流五人　彩』（昭40）のときは、相談はしなかったけれど古典でやりました。山中さんのは非常に有名な「会明」（歌に「会明《あけぼの》」とある）、私は「イザナミの森」で、私はあまりうまくいかなかった。でも、とにかく古典でやるという二人の宣言がされたんです。（略）安保以後の自分は一つの語り部として、他人を語るのではなく、自分を語るほかないと思い始めるんです。愛の裏切りと政治の裏切りというものを重ねて歌おうと思ったのが「橋姫」です。

馬場にとってはこの合同歌集によってさらにテーマ制作が明確になっていった。昭和三十五年という政治の激動期を経て、内面の表白を託すのに伝統的な世界に取り組んだということである。大きな転換期である。

三、四首目の大西はこの合同歌集に「てのひらをくぼめて待てば青空の見えぬ傷より花こぼれ来る」などの歌を収める。そして三首目の歌「一粒の火種を未だ持つわれと」は、自身のいまだ鎮めることのできない内面の葛藤を伝えるフレーズであって巧みである。四首目の「象なき岩」の幻想的なとらえ方が、大西の閉塞感を伝え、独自の歌のひろがりとなっていく。「夢」が歌を展開する装置を創りだしている。

五、六首目の北沢の歌については、合同歌集のエッセイがよく伝えている。「都会の中にくらしを求めてゐる私は、くらしの重みとひとしく、都会のメカニズムの圧力が暴力のやうに、人の心やからだを浸蝕してくるのを、なすすべもなく手を垂れてゐる自分の姿を認めないわけにはゆかない」というところに、北沢の関心があり、内面と言葉を呼応させて繊細な表現である。「疾む眼」を初句に置いてバスの天窓の「繊き欅の梢」や「夏の枯葉散る音」など、どこかひんやりとした孤独感を纏う佇まいの抒情性の歌である。

山中による『日本書紀』の崇神紀に着材したこの一連の「会明」について、篠は解説で「いきいきと古代の闘争・官能・祭祀などの場に、よむ者を誘いこむ。なまなましい人間をもちこみ、それに作者が一個の女性として深くおののいているからであろう」と述べる。この「三輪山」の山中の歌は、情念からの言葉を繰り出して言葉の響きに揺らぎを伝える。濃い抒情性の独自な作品世界である。それぞれの個性豊かな作品が展開されていて、合同歌集を起点に作品世界を広げてゆく。

それでは尾崎の歌について考えてみよう。

「都市詠」というテーマについて、尾崎は自分しか詠めないと思ったと、角川「短歌」令和二年五月号に掲載のインタビューの折に語った。それは、尾崎が大塚と巣鴨の間あたりに生まれて、麴町と世田谷という山の手で育ったこと、さらに尾崎の父の方もずっと東京であって、母もその母も東京で生まれていたからである。そして、尾崎は戦争中も疎開せず、焦土となった東京が戦後に復興して、息を吹き返すように都市の機能を次第に備えていくのを目の当たりにしていた。

昭和三十年（一九五五年）から昭和四十八年（一九七三年）頃までは高度経済成長期にあたる。昭和三十年代の都市化にかかわることを書き出してみると、昭和三十年に羽田空港ターミナルが開館、昭和三十三年に戦後復興したシンボルとして東京タワー完成、高層のビルが建てられ、昭和三十七年に地下鉄丸ノ内線は全線開業（地下鉄に関しては昭和二年にすでに上野・浅草の間に現・銀座線が誕生し、昭和十六年に現・東京地下鉄株式会社である帝都高速度交通営団が設立）、昭和三十九年の東京オリンピックの開催ということが一つの契機となって、首都圏の道路などの整備のため同年に首都高速道路一号線（羽田線）が開通し、浜松町と羽田空港間の東京モノレールが開通、高速交通網の着手によって東海道新幹線が開業した。しかし、東京は都市化ばかりでなく、西岸良平《さいがんりようへい》の昭和三十年代を描いた漫画「三丁目の夕日」にあるような街の光景が見られたので、尾崎の都市詠は方法意識された一連であった。

尾崎は、その「巨大都市」に次のようなエッセイをつけている。

人間が造り、人間が棲むべき都市に、人間の匂ひが失はれて行くことへの憤り、焦燥。被創造物たる都市の構築物自体が、巨大な有機的生命をもち、創造者である人間が、逆に意識の上で圧迫され、蹴ちらされ、のみこまれて行く恐怖――。しかも一方、客体化された非生命の都市に対する、この奇妙な愛着、安心感は何の故であらう。華麗にして醜悪、非情にして動的、緊迫と共存する或る種の満足――、背反的、相反的なこの矛盾は、そのまま、都市の高架路と地底路、地上と地下、高層街と地底街といふ、空間の相反につながつて行くやうでもある。相反したもののどちらが実体でどちらが虚像なのか、どちらが錯覚でどちらが定着した世界なのであらうか。

尾崎にすれば、都市そのものが都市生活者としての尾崎を作りあげたのであって、そういう都市詠を打ち立てようとしたのだ。タイトルの「巨大都市」が示すように、都市は人間を呑み込もうとする存在で、或るとき見せる様相によって恐れと同時に愛着を感じるのだ。言ってみれば、都市の憂鬱は、都市によって育まれた感性ゆえに感受できるものであって、押し寄せてくる孤独感も拒むものではなく、孤独ゆえに同時に独りという安らぎも得るのである。尾崎にとって、都市を拒むのではなく、都市というものと一体になっている。

ここで、尾崎が強く影響を受けた佐藤佐太郎、そしてその師斎藤茂吉について考えてみよう。よく知られているように明治十五年生まれの茂吉のふるさとは山形県金瓶村（現・上山市）で農業を営む家の三男として生まれた。茂吉は、歌も言動も人間味にあふれていて、ひと言で言えない何かが過剰で混沌とした魅力を持つ。茂吉は故郷山形より上京して東京に住み、やがて東京帝国大学医科大学を卒業して医師になり、ウィーン、ミュンヘンに留学したエリートであった。茂吉は都会に住んでいても都市らしい佇まいに関心があるわけでないと言ってよく、どちらかと言えば故郷が茂吉に住み続けていた。茂吉が昭和二十年に疎開のため故郷の金瓶村に帰ったとき、さらにそののち大石田に移り住んだときも、まわりの山々のなかでも蔵王や最上川に実に粘り強い愛着を持っていて、敗戦の傷痕があったからではあるが故郷に葛藤を持たずに溶け込んでいった。茂吉は都会人としての感性よりも茂吉固有の風土を心身の裡にずっと持ち続けていた。

そして、佐太郎は明治四十二年に、宮城県大河原町の農業を営む家の三男に生まれた。幼時に茨城県多賀郡平潟町（現・北茨城市）に移り住み、大正十四年に上京して東京で岩波書店入社。昭和二十年五月二十五日の東京の空襲のために家財を焼かれ、岩波書店を退いて、妻子が疎開していた郷里の茨城に疎開。戦後単身上京し、妻子を呼び寄せやがて青磁社に勤めた。昭和二十二年に出版社「永言社」をはじめるが今西幹一の『佐藤佐太郎の短歌の世界』の年譜によれば、一年で廃業。そういう佐太郎の歌は生活のきびしさと共にあった。大きな存在である茂吉に太刀打ちするのは難しいが「天才型」と尾崎が述べていた佐太郎は、孤独感を心の裡に深く置いて嘱目詠に独自の深みを見出し、そこから自ら歌の世界を開いていった。

昭和十五年刊の佐太郎の第一歌集『歩道』「後記」に次のように記す。

> 歌材を広く捜すといふよりは折に触れて身に迫つたものを歌ふといふ傾向にあつた。例へば私は幾たびも鋪道と街路樹と雲とを歌つてゐるが、これとても単なる矚目のみではない。謂はば私と共に生活した鋪道であり街路樹であり雲であつた。それゆゑ、観入は稍主観的であるかも知れぬが、依然として「写生」の歌であることに変りが無く、又実際一歩でも「写生」に近づかうとして努力したつもりのみであつた。

佐太郎はこの「写生」という方法でもって詠むことに表現者としての生の充実感を持ち、佐太郎の歌の世界を尾崎も追従して「純粋短歌」の深まりを得ることに充足感を持った。「短歌」昭和三十三年十一月号に「新唱十人」として松田さえこ「黄」が掲載されている。その角川「短歌」の目次に「昭和15年の歌集『新風十人』、昭和26年の『新選五人』に続いて送る華麗な新風の代表作をことごとく収めた決定版歌集」と記されている。このとき著者の言葉として、尾崎は歌に次のようなエッセイを記す。

私の中に、理性的な部分があつて、じつくりと歌を組立ようとする。すると、とてつもなく気儘で抑制のきかぬ感情がいきなり湧いて来て、計画をぶちこわしてしまう。私は自分で、この我儘な感性がこわくてしかたがない、心のどこかで、そういう暴れん坊の自分が好きで、歓迎しているらしいからだ。苦渋のない明かるさが、私の本来なのか。理屈をいうのは苦手だ。勝負は作品の上で行うより他はないのかもしれない。

この文章は昭和三十三年の時点での思いだが『彩』の歌を読むと、この「理性的」というところに繋がる。この書下ろしの尾崎の「巨大都市」の一連八十六首は、(一)「地下駅にて」十二首、(二)「続・地下鉄駅にて」九首、(三)「地上」九首、(四)「高層街」九首、(五)「地底街」九首、(六)「花舗のある街」九首、(七)「集団の音」九首、(八)「高架路」九首、(九)「埋立地」十一首と九つの章で構成している。これから巨大化していく東京という都市を見据え、地下、地底、地上、高層、埋立地というように多面的に「理性的」に分析してとらえようとしている。

(『土曜日の歌集』『彩紅帖』に『彩』の歌を収録しているが歌集『彩』の表記のままにここに書き抜く)

(一)から(九)まで『彩』より抄出しよう。

（一）「地下駅にて」

鋼鉄の匂ひは甘し新緑の風吹き込まぬ地下に入り来て
黄のレインコート着て降《くだ》り来し地下駅の空間は冷き重量をもつ
緊密に空気罩《こ》めゐる暗黒を押しひらきつつ地下電車迫る
地底ふかく交叉してゐる暗窩のなか虫のごとくに運ばれゐたり

（二）「続・地下駅にて」

暗黒にとどろく音の塊《かたまり》を先立てていま地下電車来る
鉄の熱気伴ひ朝の地下駅より吐き出ださるる人間の塊《マッス》

地下鉄に対して尾崎は拘りを見せて五感をよく働かせて工夫して詠んでいる。（一）のこの一首目が『彩』の巻頭歌である。「甘し」と捉えるのが個性的である。「新緑の風」は地下鉄の通路に吹き込んでこない。それにもかかわらず、都会的な地下鉄の匂いを「甘し」と反転させる。二首目、自分の着ている「黄のレインコート」と、重々しい地下鉄の駅のひんやりとした空間の光を対比させる。三首目、「緊密に空気罩《こ》めゐる」と詠んで、「罩《こ》める」は入れて包むという意なので、重いどんよりとした空気が入っている地下の闇。その空気を押し開きながら地下鉄の車両は走って来るという迫力のある光景である。「地下電車迫る」なので、駅に立っているときの感じである。四首目、地下鉄の空間を運ばれているときは人間ではなく変身して「虫」のような感じなのである。為すすべもなく小さな存在にかわってしまう。

五首目、聞こえてくる「ゴォー」という「音の塊」というのはまさにその通りである。音の塊というのは有無を言わせない。六首目は朝のラッシュの一光景。「人間の塊」というのが巧みであざやかな捉え方である。

（三）「地上」

破壊音に似て巨大なる鉄杭を打ち込むときに空気震《おのの》く
巨き掌《て》のごときショベルが土摑むさま見馴れつつ立春の雪

（四）「高層街」

凝視さるる錯覚　月明《げつめい》の夜《よ》の街に高層の窓黒くしづまる
高層の街に月明しことごとく窓は眼窩となりて犇《ひし》めく

地上の工事現場と高層ビルをそれぞれ見ているのではなく、地上と地下でつながっている意識がこの歌に流れている。一、二首目、破壊音をたてて空気が震えるほど巨大な鉄杭は打ちこまれる。ショベルが地面の土を摑むときその力の強さに圧倒される。三、四首目、高層街では都市そのものの圧力を感じる。「凝視さるる錯覚」「窓は眼窩となりて」は擬人化の表現である。「黒くしづまる」「窓は眼窩となりて犇《ひし》めく」は、都会に生きる人の鬱屈した心を反映させていると言えるだろう。

ひしめきて黄の花咲けるプリムラの鉢売れり春は地下にも在らん　（五）「地底街」

飛翔することなき小鳥売られゐて地下階段明るき声の響鳴

花舗出でしとき急速に夕映えて冬街は炎《も》ゆ樹々も硝子《ガラス》も　（六）「花舗のある街」

隊伍組む恐怖《おそれ》執拗に迫りつつ官庁街歩む集団の音　（七）「集団の音」

（五）（六）（七）の章について、地下街の花屋、そして小鳥を売っている店、冬の街、官庁街などをそれぞれ詠んでいる。地上ではなく地下の花や小鳥など小さないのちに対していとおしみがあるのだろう。冬といえど生命力を持つ樹々も無機的な硝子も同じく夕映えの美しさのなかにいる。都市の風景のなかに自然の変化をつかみとっている。（七）の章では、（五）（六）の章の詠みぶりと異なって言葉を畳み掛けて官庁街に「集団」のおそれを見ている。上の句の「隊伍組む恐怖《おそれ》執拗に迫りつつ」にその恐れを告げる。

尾崎は「夢のハーモニー」という音楽番組で二十年にわたって放送詩を書いた。放送界に入って「毎日が真剣勝負」の日々を暮らしたと述べている。

尾崎磋瑛子著『放送詩集　植物都市』（昭和四十七年白凰社）「植物都市」より抄出。

ある朝／地下鉄の雑踏にもまれながら
ひとは　ゆめみるのです
あるとき／街という街　家という家が
みどりの葉におおいつくされ
人間もいつか植物となって
ひたすら／青い空気を呼吸する

（略）

いつかどこかで
わたしの腕が植物のつるになり
あなたの唇が赤い花となる
一瞬／植物への変身を夢みながら

人間はまた／朝の熱気と共に
コンクリートの街路へ散っていく
（略）
静まり返った高層のビルの窓が
まだ　ひとつふたつ灯《とも》っているが
あれは／深海の魚《うお》が　みずからのまわりを照らす
小さなランタンなのでしょうか

螢光灯の　つめたい光を／背広の肩にまとったまま
人間は／ひとり　またひとり
夜更けの街に　散っていく

この詩を読むと街も人も植物となって枝葉をのばす夢を見る。ここに尾崎の街に関する感性が出ている。人間も植物となって街に溶け込んでゆく、そういう都市に生きていたいという意識が強いのである。

さらに次の章の歌を読んでいこう。

（八）「高架路」

理由なき不安に耐へてゐるかたち高架路は宙空に交叉してをり
螢光の照明のなか高架路は虚像のごとき自動車《くるま》行かしむ

（九）「埋立地」

海埋めて押し均らされし粗土《あらつち》にひそまむ種子のありと思はず
虚しきまでひろき空間に翳みちて埋立地急速に夜に入《い》らむか

高速道路を照らす灯りや埋立地そのものが虚なのか、高層の街となっていくこの街自体が虚なのか見えてこない。

一首目、「理由なき不安」に耐えているのは高架路ととらえていて、高架路を擬人化している。二首目、「虚像のごとき自動車」と詠んでいて照明の中でみていると映像か何かのような感じなのだろう。三、四首目、昭和三十六年六月に再婚して東京の三田に二年ほど住んだ。尾崎は、三田に住んでいた頃、羽田空港までよく行って、海だったところに泥が捨てられて埋められ、陸になっていくのをずっと眺めていたという。「埋立地」となっていく変化の速さについていけず、ましてそこにいのちが芽生えていく種子があるとは思えない。

急速に変化をとげてゆく都市。都市に暮らす尾崎の不安感や都市がもたらす充足感を綯い交ぜにして歌に展開している。

『彩』の歌は、平成二年刊行の第三歌集『彩紅帖』（紅書房）に収録されていて「あとがき」によれば、

ちょうど、社会の変革期でもあった。私は心のシッポを抱えたまま、短歌の「テーマ」を「都市」に集中していった。東京に生まれ育ったのに、私の知る東京は急速に変貌していた。そのくせ、都市へ寄せる愛情は限りもなく深い。「都市詠」をめざすには少し時期が早すぎたかもしれないが、ほとんど一途に都市を歌いつづけた。

と記している。しかし、「時期が早すぎた」ということはなく、ちょうど時代の変わり目と尾崎の内的な必然がぴったりと合っているといえるだろう。

戦中の桜、戦後の桜へ　歌集『さくら』より

桜と戦争について、或る時、とても記憶に残る言葉を尾崎左永子が語った。それは、「日本の多湿な風土だから、桜が美しいのよね。桜と対決して桜を詠んで、自分の戦後を綺麗にしてみたいなって思ってね」。実にさりげない口調だったが、「自分の戦後を綺麗にしてみたい」という言葉が、私の心の中に長く残った。

「自分の戦後を綺麗にしてみたい」とは何であろうか。尾崎は、昭和二年生まれで戦争中は東京に住んだので、空襲にもあっていて、東京女子大の学生であった四月に、防空用の地下室にいて難を逃れたことがあった。その時は、空襲警報が解除されて外に出ていって、満開の桜の下で友人たちとお互いの無事を喜んだこともあったのだという。戦況がきびしくなるにつれて空襲による死者も目にしていたし、東京の焦土となったことを目の当たりにした。桜にはどうしても散華するイメージが付きまとったということを語っていた。しかし、桜と向き合って詠むことによって、覚悟を持って自らを再生しようとしたのだろう。

桜の花びらが骨に見えるという鋭い感覚は、ずっと持ち続けて、桜の花に対して、その華や

かさと同時に桜の怖さを詠んでいく。

半世紀すぎていまだに終戦後の春の輝くさくら忘れず
敗戦の直後の春の焼跡にあふれてみづみづとさくら咲きしが
玉砂利にまぎるるさくらの花びらを戦場の骨片に見紛ひしこと
『さくら』

ここに尾崎左永子第十歌集『さくら』（平成十九年角川書店刊）から歌をあげた。一首目、半世紀が過ぎても、終戦後にみた桜が忘れられないという。終戦の夏が過ぎ、秋、冬そして、春。輝いているのは、桜ばかりでなく人間の命も輝いている。二首目、空襲によって焦土と化した東京。敗戦後はじめてめぐってきた春を謳歌する。戦争が終わって、生きている実感を再び桜によって味わう。三首目は、独特な把握である。桜の花が玉砂利に散っている様子からどうしても戦争の死を連想してしまう。桜を見ていると、感覚的につきあがってくる思いがあるのである。この歌集『さくら』の中に、次のようなエッセイが収められていて、

戦後、焼けトタンの屋根々々の間から、あふれるように咲いたさくら。人の骸の精をさえすべて吸い上げて、さくらは咲き盛った。焼土の暗さと、さくらの美しさ。その対比を、思い出すのさえつらかった歳月。

と述べている。桜の生命力は「人の骸の精」であって、つまり咲き盛る桜の花は、人の死によって満たされているという。端正な、しかしひんやりとした歌である。

歌集『さくら』の「あとがきとして　花のあと」には次のように記されている。

苦しかった戦中戦後を経て、私は永いことさくらの歌を詠むことができなかった。戦の記憶のどこにもさくらが咲いていて、戦時を語りたくない私の視線を、無意識に避けさせたのだった。

戦争の記憶と結びついた桜。その桜の呪縛と対峙するために、全力をかけて桜の花に挑んだのである。

そして、桜については、次のようなエピソードも尾崎は語った。昭和三十年代半ばのことである。「桜は大好きなのよ。でも、戦争にどうしても結びついちゃうの。中井英夫さんが角川書店の『短歌』編集者のとき、頼まれて仕事をお手伝いしたことがあって。そこに俳句の秋元《あきもと》不死男《ふじお》先生がいらして、わたしが『心打たれました、思想を変えないで戦争の間を過ごされた』って言いましたら『そんなことないよお。クサイからさあ、考え方を変えるのは』って秋元先生はおっしゃった。わたしが大好きでもの凄く穏やかな方なのよ。そのとき四月で、靖国神社の桜を観に行くのを中井さんに誘われたのだけど、わたしが嫌がっていたら、秋元先生に『行っといで、行っといで、きれいだよ』と言われて行ったのよ。桜は綺麗だったんだけど、無名で死んだ人たちの象徴みたい。だって桜って生命感があるから、ひゅうと風が吹いて玉砂利をみたら、散った桜が一瞬骨に見えたことがあるの。それで凄いショック。それは思い返せば、昭和三十年代半ばかしら」ということだった。

桜の花は、莟でも盛りの時でも、また散るときでも何よりも気にかかる。尾崎は桜の花の幹が嫌いで、それは花がこんなに繊細なのに、幹は逞しすぎるからだという。そして、花山院について書くことがあって調べてみたら花山院も同じで、幹を見るのが嫌で、築地塀を立てさせて花だけを愛でたという話をなさった。目の前の桜から、いきなり平安時代の冷泉天皇の第一皇子の花山院に飛躍するが、古典の研究に取り組んだいかにも尾崎らしい言葉だった。

では、ほかの桜の歌をあげてみよう。

木の間なる染井吉野の白ほどのはかなき命抱く春かな　与謝野晶子
桜ばないのち一ぱいに咲くからに生命《いのち》をかけてわが眺めたり　岡本かの子
いちはやく若葉となれる桜より風の日花の二三片とぶ　佐藤佐太郎

ぞろぞろと鬼どもつづき下りきつるさくら咲く日の山となりたり　前登志夫

歳月はさぶしき乳《ちち》を頒《わか》てども復《ま》た春は来ぬ花をかかげて　岡井隆

夜半さめて見れば夜半さえしらじらと桜散りおりとどまらざらん　馬場あき子

一息に桜花のふぶく十余本かかる最期をたまへかし天　河野愛子

ここにあげた桜の歌を通して、それぞれの歌人の特徴が出ていて、比べてみると尾崎の歌の世界が見えてくる。

与謝野晶子の歌は、反響を呼んだ浪漫派の愛の歌から出発して、主情的な言葉のうねりが魅力。晶子の言葉の生み出す情感のある調べ、色彩の効果と華やかさ、色彩に心の翳りを重ねる。ここにあげた晶子の歌の「染井吉野の白」は、比喩的に用いられ儚く淡々としていて、深みをました境地に至ったことを示す。岡本かの子の歌は、桜の花がいのちを尽くして咲くからわたしもいのちをかけて眺めているという、桜と自らのいのちの迫力に圧倒される。佐藤佐太郎の歌は、風の日に花が二、三片飛ぶ様子を瞬時にとらえて、言葉を削りつつ描写する。一首のリズムが心地よく伝わる。前登志夫の歌は、桜の咲く吉野の山を詠む。「鬼」と「さくら咲く日の山」の取り合わせに、いのちの原初へのイメージの広がりがあって、上の句の「ぞろぞろと鬼どもつづき下りきつる」が山住みの前登志夫の独特の感性である。岡井隆の桜は、「愛と性」に繋がる。岡井は、自著でこの歌について「いろいろな愛と性についての歳月を経過したが、こうしてまた春が来て、さくらの花が咲いている」(『瞬間を永遠とするこころざし』)と述べている。馬場あき子の「見る」歌では、「植えざれば耕さざれば生まざれば見つくすのみの命もつなり」(『桜花伝承』)がある。「見つくすのみの命もつなり」と言葉にするときの「見る」は、そこに確かな〈われ〉というものが必要であろう。馬場の「見る」というのは、ひとつの思想となっている。馬場は、夜半さえ散っていく桜に心を寄せて「桜」を眺める。つぎの歌の河野愛子は、もともと身体が弱く若い頃に結核になり、人間の生死を深くのぞき込むような繊細で鋭い感性を持っていた。この歌は、桜の美しい滅びである花吹雪のなかで死を迎えることを願うという。

花の渦小さく捲きて地にひくく移りゆく風の行方を知らず
宵闇はさくらにもつとも似合ふ刻水面にひくく靄こめながら
かくて一夜さくらは終り散り溜る花片の上を花片が走る
雨後の虹消えゆかんとし夕光に雨を帯びたるさくらかがよふ
ビルとビルのあはひの狭き空間を落ち来て地上の花にふる雨
さくらいろの曇りと思ふ高層の窓よりみゆる東京湾の上

『さくら』

春ごとにさくらの翳を積むに似てわが一生淡くかがよひにけり

尾崎の歌集『さくら』より歌を抄出した。

この歌集の巻頭は「北のさくら」で弘前、東京、鎌倉、北陸、奈良などのさまざまに桜を詠んでいる。一首全体から古典の叙情的な気配を感じさせる。

一首目、鎌倉山に桜並木があって、散った花は風に舞い上がって大きな渦を巻くことがある。尾崎はその渦の中に立ち尽くしたことがあった。この花の渦は小さいが、地上を移っていく花の渦を目で追っていて、花びらを巻く風の行方は分からない。「風の行方を知らず」と、桜を詠みそこに自らを重ねつつ言い切った潔さがいい。二首目、「宵闇」が桜の美しさを引き出している。美意識に徹している歌で、いかにも日本的な景である。三首目、「かくて一夜」を初句に置いて、時間の流れを示す。散った花びらが、風で押し流されることがある。「花片の上を花片が走る」という的確な描写によって、花びらが風に流れる様子が映像化されている。四首目、「雨後の虹」という大きな景をまず初句で出して、一首のイメージをたたせる。「雨後の虹」を遠景において、近景に雨の雫をつけている桜を配している。夕方という物の境が曖昧になる時刻だからこそさらに映える。五首目、六首目、ビルとビルの間の狭い空間を桜の花びらが落ちてきて、地上の桜に雨が降りかかる。都市の空間が見事にいかされている。後の歌では

「さくらいろの曇りと」いう言葉の美しさ。高層の窓から景色を見下ろしながら、曇りに桜の色をイメージする。どちらも都会の風景を詠んでいて、こういう都市詠は尾崎のひらいた領域である。七首目、自らの来し方に、「さくらの翳」を重ねていく。この「さくら」はただ美しいだけではない。「淡くかがよひにけり」という把握のなかに、哀感が漂っている。

桜の花を好きな人は多い。古くから好まれ、季の移ろいや春そのものが持っている華やかさを味わうことが出来る。今生きていることを、ひとときであっても忘れさせてくれるのも桜である。桜は、美しいばかりではない。桜の花びらのほろほろと散っていく様は、これから訪れるであろう滅びも予感させる。桜というのは、尾崎にとって、人生の記憶の中の時間につながる、華やかでかなしい花なのである。尾崎に力を与えたのは、日本の伝統美としての桜であったのに違いない。歳月が流れて、いま目の前の対象であるさくらを見つめようとする、表現者としての強い意思によってさくらの呪縛がとかれていった。

尾崎左永子インタビュー③　短歌を語る

師・佐藤佐太郎

中川　今日はよろしくお願いします。最初にお伺いしたいのは、「歩道」についてです。昭和二十年五月に佐藤佐太郎の「歩道」が創刊され、尾崎さんは、翌年三・四月合併号の「歩道」で「氷雨」十首をお出しになったのが最初ですね。

尾崎　あの頃というのは、「アララギ」の勢いが強かったでしょう？　でも、「アララギ」は、男性中心で、その中で印象にいつも残ったのが佐太郎だったんですね。先生に就くんだったらこの人しかないわと思って。その前の中学三年生ぐらいのときに通っていた先生はお上品で、「これでおよろしいのよ。でも、ここちょっとこうあそばしてごらんあそばせ」とお紅茶が出てきて（笑）、よくしていただいたけど合わなかった。

中川　佐太郎先生の第三歌集『しろたへ』（昭和十九年）を東京女子大の帰り道に、本屋で見つけたのが、師に就くきっかけだと伺いました。

尾崎　戦争中の本があまり出ていない頃ですよ。ちょうどバスがなくなって、東京女子大から西荻窪まで二十分くらい歩く間の本屋さんにすごく清潔な感じの本があったので、ちょっと引き抜いてみたらそれが『しろたへ』だった。白いところにえんじ色で「しろたへ」って書いてあって、それを見たときに、「これだ」と思ったんですね。茨城に疎開してらっしゃって終戦になってから東京に出てらしたけど、はじめはお手紙のやりとりでした。

中川　最初は手紙で添削を受けていらっしゃいました。

尾崎　今考えると本当にあの頃は図々しかった（笑）。お弟子さんもみんな若かったし、先生もまだ三十代でいらしたかな。その頃中心になってたのは長澤一作ですね。ネノちゃん（編註：田中子之吉）とはずっと仲良しでした。

中川　蒲田のお宅に行かれて、最初に佐太郎先生にお会いしたとき尾崎さんはどんな感じでしたか。

尾崎　まだ女学生で制服を着て緊張してましたね。黒い一つ紋の羽織を着た母と一緒に行ったの。

中川　先ほどの「歩道」の同じ号に、三月十日の歌会報告が載っていて、その中に尾崎さんの歌も一首掲載されています。

尾崎　みんなに叩かれっぱなしでしたよ（笑）。飾りが多いとか言って。午前中から集まって、お昼を食べてまた四時まで、丸一日でしたね。

中川　参加者のそういう熱気の中で、佐太郎先生に歌会で直接教えを受けていらしたんですね。

尾崎　個人的にも行けば見ていただけたけど、歌会のときにみんなからやられて、帰りも涙を浮かべながら帰ってました（笑）。

中川　佐太郎先生は、一貫して平俗ということや飾りがある歌をずいぶん嫌われてました。

尾崎　飾りのある歌は絶対許されなかった。言葉を飾っちゃいけないから、反対に言葉を選ばなきゃならない。それが大変でした。もうちょっと歳をとると余計なことを考えてしまうけど、十七ぐらいだと比べる同世代もいなくて先生の言葉しか信じないからよかったと思う。言葉を飾らないで本当のことを表現できる言葉を探す、その教育だったたと思います。物を見るというのは本質を見るということだから、十七ぐらいの子どもに言うには難しいけど（笑）。

中川　それと、まなざしがたいへん印象的で、じっと宙の一点をみつめてとどまることがあって、まさに詩人の目だとお書きになっていました。

尾崎　本当に澄んだ目をしていらした。黒目がちで綺麗でね。向かい合って仕事をお手伝いしたりしたんだけど、今まで批評してたのに、周りに人がいようと何だろうと、ふっと自分の世界へ入っちゃうのよね。無口で、みんなが十言うところを一ぐらいしか言わない先生だから、向かい合っても黙ってるだけ。それでも、十七歳ぐらいから就いてるから、そういうものだと思って付いていけた。途中から入った方だったら、耐えられなかっただろうと思いますね。

中川　教えの厳しさですね。かつての「アララギ」の歌会は泣いて帰る人がいたと聞いております が、尾崎さんも帰りに涙を浮かべて。

尾崎　(笑)。あれで削り捨てるということを教えられたんでしょうね。表現ということ自体、飾っちゃいけないわけ。こう言いたい、ああ言いたいといっても、それを直接表現できるまで探して、というより直感で捉えて、要らないものは全部捨てる。

中川　短歌は技術だとおっしゃるのは、そこなんですね。

尾崎　佐太郎先生の歌そのものがその成果ですから。でも、ああいうふうに徹底できないわね。でも女の子って飾りたがるじゃないですか、十七ぐらいだったらとくに。

中川　『しろたへ』は第三歌集で、それ以降、『立房』『帰潮』『地表』の創作の時期と尾崎さんが佐太郎先生の近くで学んでいた時期が重なります。『斎藤茂吉全集』(岩波書店刊) の手帳の一部の原稿起こしのお手伝いもなさっていて。

尾崎　その頃、奥さまの志満さんが、佐太郎先生を私に預けてどこかへ行ってしまったりすることがありました。志満さんはみんなから怖がられてた人ですけど(笑)、私は同じ東京女子大の後輩だったので、私に対してはそんなに厳しくはなかったんですね。「歩道」は志満先生がいたからダメだったなんて言う方がいるんだけど、俗事を全部引き受けていた志満さんがいらしたから、あの無口で愛想のない佐太郎があそこまで売り出していけたのかもしれないと思うことはありますね。本当に佐太郎先生の才能を愛してたんだろうなと思います。
中川　昭和二十九年に第二回短歌研究五十首詠に「夕光」を応募なさって入選でした。寺山修司が「チェホフ祭」で受賞したときです。
尾崎　中城ふみ子が前に受賞したのを見て私も出したんですね。怖い物知らずだったと思いますけど（笑）。
中川　その翌年の昭和三十年に「角川短歌賞」第一回に「夕雲」を応募なさって、そのときは受賞者なしで候補作品に。選考会に出席したのは、近藤芳美、木俣修、佐藤佐太郎、宮柊二の四選者（選者であった前川佐美雄は欠席）です。佐太郎先生が尾崎さんの応募作から一首引かれたのは、〈荒く鋤きし田の面に生ふる雑草《あらくさ》のまばらに見えて夕日射しくる〉。
尾崎　これを佐太郎先生が推してるのか、なるほど（笑）。わかるような気がする。
中川　佐太郎先生の選評では「見方が渋い」と。
尾崎　これはそうねえ、若いわりには渋い歌ですね（笑）。
中川　周りの反応はどうでしたか。そういう新人賞に出して。
尾崎　そのあと、みんなに規制がかかっちゃったのよ。私がわりに評判がよかったので、あの頃は松田さえことという名前でしたから、「松田さんが入るぐらいなら俺だって」といっぱい出そうとして、先生から「安易に出すな」と言われてしまった（笑）。悪いことしちゃったなと。

中川　尾崎さんの第一歌集『さるびあ街』（昭和三十二年）の前後に、女性の歌人たちが一斉に出てきています。馬場あき子さん、山中智恵子さん、大西民子さん、北沢郁子さんといった、あとで合同歌集『彩』という歌集を刊行するメンバー。それから、富小路禎子さん、そして河野愛子さんの第一歌集の刊行は昭和三十年です。あの頃って女性歌人たちが自分の恋愛について詠ってました。「アララギ」の佐太郎先生の透徹した写実の教えがあるけれども、やっぱりもともと尾崎さんの歌の抒情的な持ち味ってあると思います。〈いつしかに心甘えてもの言ひし或る夜のしぐさ自らうとむ〉、こういう歌は今読まれてどうですか。

尾崎　甘い歌が多かったですよね。でも、私は佐太郎先生を師と仰ぐような性格だったので、あまり女性的ではなかった（笑）。

中川　そんなことないと思います。〈膚《はだ》光る銀糸魚《さより》を箸にはさみつつ幸ひはいつ吾がうちに棲む〉、内面の捉え方に情感があります。

尾崎　これを作った頃は、学生結婚して向こうの家に入ってお嫁さんしてたから、歌が救いになった面があったと思いますよ。今みたいに女性は強くなかったもの。あの頃からよく歌を作ってますね。「もうやめた」とか言いながら。ＮＨＫで仕事を得てから、ずっと詩を書いてたんだけど、そっちには行かなかった。

中川　それから「蔵王」等の合唱組曲、その後にはラジオ・ＴＶの台本、ラジオ「夢のハーモニー」で放送詩を書いて活躍の場を広げておられた。

尾崎　二十年ぐらい詩を書いてましたかね。だから、今頃になって五十過ぎぐらいの方に「学生時代にずっと聴いてました」なんて言われます。あまり短歌にとらわれなかった面があるかもしれない。ボストンに一年ちょっとぐらいいたこともあったけど、やっぱり日本語って美しいなと思ったのね。それがいい覚醒だったかなと。結局、短歌に戻ってきちゃった（笑）。

中川　表現することのエッセンスは短歌って尾崎さんから伺ってましたが、やっぱり短歌がお好きだったんですね。

尾崎　好きですねえ。メロディーがあってすぐ覚えられるでしょう？　音楽番組を持っていたから、耳で聴くのに慣れていたというのも多少あるかもしれないですね。

「都市」を詠う

中川　昭和四十年に、女性歌人五人で『彩』を刊行なさいました。

尾崎　馬場あき子さんが中心でした。馬場さんとは仲が良かったので、「何かやろうよ」といって。山中智恵子さんが古代を詠ったりして面白かったです、五人競詠。富小路さんも誘ったんだけど、嫌だって断られて、それも彼女らしいなと（笑）。

中川　テーマとして「都市」を詠われています。都市生活者としての実感そのものが当時としては斬新だった佐太郎先生の都市詠の影響もありますか？

尾崎　あると思います。その頃ってまだ都会の歌ってほとんどなかったんですよ。佐太郎の〈鋪道《ほだう》には何も通らぬひとときが折々ありぬ硝子戸《がらすど》のそと〉とか、ああいうのって都市生活してないとできない歌で、そういうところが好きだった。

中川　都市詠のさきがけは、佐太郎先生だと尾崎さんはお書きになってましたね。都市を詠おうという意識というのはあったんですか。

尾崎　そうですね。だって誰もやってないから。私は東京で生まれ育って、戦前も戦中も戦後も知ってるから、やっぱり私しか作れないかなというのはありました。

中川　あの五人の中で東京生まれというと、馬場あき子さんも。

尾崎　彼女は古典というテーマがあって、私は都市。

中川　自覚的にテーマを据えたんでしょうね。

尾崎　特別に意識したわけじゃないけど、できるのがやっぱり都市中心になっちゃって。理論的じゃなくて、どっちかというと感性派なんですよ。

中川　昭和三十年代というと、日本で言えば都市化していく光景がみられました。

尾崎　東京なんてねえ、大きな田舎でしたよね。

中川　東京に住んでいらっしゃったからそう思われるんです、きっと。

尾崎　そうかしらね。私は生まれたのは巣鴨ですからね、昔から郊外でした（笑）。育ったのは麴町でそのあと世田谷に住んだけど、東京と言ってもまだ田んぼがいっぱいあるようなところでしたから。だから、そういうのを含めた広域の都市です。

中川　ところで、尾崎さんが短歌を中断されていた時期にあたるのですが、阿部静枝さんのご葬儀の帰途、お会いした佐太郎先生が、五十歳になったら短歌に戻って来たまえとおっしゃられた。佐藤先生、とてもあたたかいですね。

尾崎　当時の私は今思うとあっちこっちしてましたから、最後はここなんだよって教えてくださったんだろうと思いますね。佐太郎先生のおかげだと深く感謝してます。本物と偽物を区別する目も育てていただいた。すごく大事なことだったと思います。いい先生に巡りあうというのは、運もあるけど、やっぱり探さないとダメね。何かのご縁だけに頼ってるんじゃなくて自分に合う人を。ダメだったら諦めると。そういうことも必要なんじゃないかなと思いますね。

中川　佐太郎先生をひたすらに敬愛なさっていて、唯一無二の師であるとよくおっしゃいます。

尾崎　もう先生としては佐太郎先生しかいないですね、すべてに於いて。物の考え方の根本を教えられたと思ってます。

中川　やっぱり直感力は佐太郎先生からですか。尾崎さんもすぐれた直感力によって、物の本質に迫って観《み》なきゃいけないとおっしゃいます。

尾崎　先生は生まれつきですね。だから、真似できない。だから、その神経に付いていけない人もいたと思う。理屈っぽい人は無理。男の人で感性の鋭い人って案外限られちゃうじゃないですか。

中川　尾崎さんは、思想的なことや理屈、人間の汚さとか俗なものとかは別の文学のジャンルで書けばいいとおっしゃってます。難しいところで、そうすると歌の幅が狭くなるということはないですか？

尾崎　その代わり純粋短歌になる。だから、自分のできる能力があってもそれをあえて捨ててそこに集中するというやり方ですよ。それに合う人と合わない人がいると思います。私もついに集中できなかったと思ってるけど（笑）。

中川　それほど純粋短歌に惚れ込んでいて、受け継いでいらしてこの後の世代の歌人たちにも伝えようということですね。

尾崎　でも、あの感性は誰も継げない。独特の才能だから。やっぱり孤独よ。でもそれでいいんじゃない？　斎藤茂吉だって幅は広いけど同じようだったと思うしね。

中川　茂吉は、言ってみれば人間の混沌がありますね。

尾崎　茂吉先生には佐太郎の歌会に二度くらい来てくださってお目にかかってるけど、赤ら顔でね、胸元にらくだのシャツがのぞいてたりして（笑）。面白いなと思ったのは、「短歌声調論」で音に対して書いてらっしゃるから、ずいぶん早くからそういうことを教えてらしたんだなと。私なんかラジオの仕事をしてなかったら、そういうことに気がつかなかったと思うんですよ。

尾崎左永子の歌の魅力

中川　では、尾崎さんの歌をあげます。『夕霧峠』（平成十年刊）の中の歌〈木の椅子の音立てでわが立ち上がる孤りなる時を断つ如くして〉という歌について、NHK学園の横浜大会のときに、岡井隆さんが「これは例えばスチールの椅子とかだとこの歌は全然違ってきて、やっぱり〈木の椅子〉だから感情があるんだよ」とおっしゃったんです。言葉を選ばれている。

尾崎　全然選んでない（笑）。感じていただけで。

中川　でもこの「夕」と「夕行」の音、〈音立てて〉〈立ち上がる〉〈孤りなる時を〉〈断つ如くして〉という言葉の重ね方とか、これは佐太郎先生の言葉の音の響かせ方というのはあるんじゃないかと。推敲で直されていくのかと思ったのですが。

尾崎　私、あんまりね、推敲できない人なの。する歌は大した歌じゃないことが多い。佐太郎先生は私がいる前ででも、自分の歌を口で読んでました。同じところを何度も読み返したりして、音を耳で聴いてらしたんだと思う。音のつながりとか。

中川　岡井隆さんは、文体の面白さが佐太郎さんの歌だとおっしゃって、尾崎さんと田中子之吉さんとの「星座」（平成二十五年六十四号）の対談では、佐太郎先生の短歌は言葉の選択と音の響きの素晴らしさ、それに尽きるというお話でした。

尾崎　口に出してみないとわからない。目で見ただけでは頭の中で読んでいるだけで、実際に口に出してみると読みづらいことってありますよね。頭の中で全部作る人もいると思うけど、書いて、それを見て声に出してみるということも大事だと思います。そうすると欠点や継ぎ目の良し悪しもわかる。言葉を文字じゃなくて音に戻すとわかりやすいので、迷ったときはそうしますね。

中川　以前、鏡の前で読むって尾崎さんがおっしゃいました。

尾崎　声に出して暗誦できるかどうか。だって歌っていうのは本当はそういうものだもの。推敲に迷ったときは、鏡の前で読むと、わりに効果はあるんじゃない？

中川　鏡の前というのは？

尾崎　言いにくいかどうかっていうのは口の動きでわかるのかな。私はＮＨＫで耳から入る詩を書いてたから、そのときの習慣かも。鏡を見ながら読むには頭に入ってないとできない。それでもまだ迷いがあるときは、鏡の前で言うと、これはダメだとかわかる。例えば「あいうえお」の中だと、「う」から「え」に移るのは難しい。だけど、「あ」から「い」に移るときは言いやすい、「い」が後ろだとわりに鋭く終わるとか。「え」っていうのは無性格というか、響きがないのよね。だから、「え」で終わるのは難しいなとか。そういうのも鏡の中で声出してみるとわかると思うんですよね。

中川 桜を詠んだ歌集『さくら』(平成十九年刊)が書下ろしです。

尾崎 桜なんて山ほど有名な歌が遺ってるし、そのテーマだけでやるなんて心臓が強過ぎると思ったんだけど、試みることはできるかなと。やっぱり日本的でしょう。

中川 尾崎さんの桜の歌、私もですが好きな方が多いと思います。〈花の渦小さく捲きて地にひくく移りゆく風の行方を知らず〉〈風のかたち見ゆるごとしも渦立ちて道吹かれゆく落花の群は〉とか。

尾崎 あのときは「あ、桜が散ってる」と思ったら、渦巻きになって、それがビューッとこっちに向かってきたの。そうしたら、私自身がその渦の中に入っちゃったからビックリして。そのとき紬を着てたんですけど、黒地に桜の花びらの飛んでいる着物だったの。だから、桜の花びらが間違えて寄ってきたって思いました。

中川 歌集『さくら』の〈半世紀すぎていまだに終戦後の春の輝くさくら忘れず〉という歌も。

尾崎 終戦後に東京にずっといましたから、その時の回想ね。新宿から信濃町に行くときに、満員のガラスが割れた当時の省線電車に乗ってたら、桜が咲いてたの。それを見て「日本はまだあるんだな」って思って。そのときの桜の美しさ、今も覚えてます。「生き残ったんだ」って。

中川　尾崎さんは、桜というのは戦争の記憶につながって、長く桜を詠むことが出来なかったけれど、「戦争」「戦後」は「自らを信じて生きるより他ない時代」だって、書いていらして。コスモスも戦後よくご覧になったんですよね。

尾崎　そう、コスモスはね、信濃町。今の慶應義塾大学病院が空襲で焼けて荒れ野原で、そこにコスモスが山ほど咲いてた。今考えたら不思議なくらいね。

中川　戦後の桜とかコスモスとか、そういうところから時間を歌の中に抱えるようにして詠われてます。

尾崎　終戦後の日本なんて皆さんご存じないと思うけど、焼け野原で惨めでした。たくさんの焼け跡の中に壊されていない家もあったりして、そこに桜がバーッとあるから「わあ、日本はまだ生きてた」みたいな。

中川　それから、詩歌文学館賞受賞の『薔薇断章』（平成二十七年刊）はさらに陰翳の深い歌集です。〈砂時計の砂落つるさま見てゐしが最後に落つる砂の無表情〉とか。茫々とした、言葉に言い難い「無」を感じさせます。

尾崎　本当にツルツルっと砂が落ちちゃうのよね。人間の命だって砂時計と同じで、例えば私が明日死んだとしても、そういう無表情のまま。人間の人生なんて、どんなにいろんな起伏があっても、最後は〈最後に落つる砂の無表情〉だろうと思います。

中川　前歌集『椿くれなゐ』（平成二十二年）では夫、そしてこの歌集では一人娘の美砂さんを亡くされた歌を収めていて。

尾崎　みんな死んじゃう。なんで私ばっかりそういう目に遭って、長生きしちゃうんだろうと思いましたよ。でも、人間の命なんて自分ではどうしようもないですからね。

中川　最近の歌と言うと、「短歌」二〇二〇年の一月号「夕富士」で放送作家であったときを振り返って歌を詠んでいらっしゃいます。そして、戦争にまつわる〈生くるといふ大前提を否定せず生き来しは戦争の経験のゆゑ〉。

尾崎　本当に命ってやっぱりね、大事ですよ。神様が与えてくださってるんだろうと思います。だから、早く死にたい死にたいって言わないほうがいいと思ってる。最近はだんだん欲がなくなってきて（笑）。歌を作るときもスラスラできちゃうし、もう歌にあまり手を入れない。やっぱり五十年以上短歌の型式に携わってきてるから、血肉という感じはしますね。私は仕事で放送詩をずいぶん書いたけど、本命は始まりも短歌で終わりも短歌なんだろうなという気がしますね。千何百年も続いてきた、〝完形〟って私書いてるけど、完形詩型だと思っています。

中川　短歌の真髄を考えさせてくれる、心に響くいいお話をありがとうございました。

（角川「短歌」令和二年五月号より）（2020年1月17日）

Ⅳ章

あらあらしき春の疾風《はやち》や夜白く辛夷《こぶし》のつぼみふくらみぬべし

『さるびあ街』

歌集の巻頭歌。「歩道」昭和二十五年五月号が初出で「白く」は「しろく」、「つぼみ」は「莟」である。木全体を覆いつくすほど白い花の咲く辛夷、その白さが遠くからでもよく目立つ。春を告げる木として親しまれ「田打ち桜」と言われ、開花期が農作業をはじめる目安とされる。春先の暖かな日差しを浴びて莟の南側は北側よりはやく成長して膨れ、開花前の辛夷の莟の先端がいっせいに北へ向く習性を持つ。

この歌は、眼の前の景色でなく心象の風景に近い。あらあらしい「春の疾風」が吹いていて、夜に辛夷の莟はきっとふくらむだろうと想像する。心の裡の希求を自然の景に重ねて抒情性豊かに詠む。疾風に力を尽くして耐えている辛夷の印象が鮮やかで、芳潤な白い花が美しく開くことを予感させる。歌集の巻頭歌においたのは、尾崎自身の希求がこめられていたからに違いない。

デパートの階下るときたまたまに高架電車と同じ高さとなる

『さるびあ街』

都市の空間を巧みに表現した一首。営団地下鉄（現・東京メトロ）銀座線の渋谷駅の一光景であろう。デパートの階段を下りていくとき高架電車が現れたのである。高架電車と自分が同じ高さという、一瞬の偶然がつくるシーンを捉えている。

銀座線は、昭和二年に浅草と上野間で開通した、日本で最初の地下鉄。渋谷駅周辺の地形は窪地になっている。銀座線の電車が、東急デパート東横店に繋がっている渋谷駅に着くと、そこは地上三階であった。

つやつやとせる桜桃のつぶら実を嚙みて唐突にかなしみきざす

『さるびあ街』

「短歌」昭和三十一年八月号「みづから」の三十首詠の歌。「みづから」の一連では次のような歌が前後に並ぶ。

赤き肉焙《や》きて夕餉をととのへし厨を思ひ永く思はず
つやつやとせる桜桃のつぶら実を嚙みて唐突にかなしみきざす
夕べより奥歯痛みていねがたき夜半別れたる夫憎み居き
携はる放送の仕事の一つにて毒蛾育てゐる室に入りゆく

ここにあげた三首目の「夫憎み居き」は、別れた夫への思いがまだ残っているのに他ならない。その一方で、憎しみは人の心を強くする。尾崎は私に「赤き肉」の歌を作ったときは、放送作家の仕事を得て離婚後ですよと語ったことがあった。

尾崎は、離婚という人生の大きな転換期に身を置いていた。ここにあげた歌「つやつやとせる桜桃のつぶら実を嚙みて唐突にかなしみきざす」では「桜桃」と「かなしみ」という言葉の向う側に、言い難い葛藤があった。「桜桃の実」それも「つぶら実」を嚙むときに、堪えていた気持ちから一気に「かなしみきざす」にかかわる感情は激しい。

さらに次のように詠む。

充ちてくる涙のごとき追憶ののち唐突に憎しみ疼く　　「短歌」昭和三十二年十月号
かつてわが夫《つま》たりし人を父として幼な児はその髪直ぐからん　　同

種子多きみかん食みつつ追憶のゆゑにやさしき夫《つま》と思はん「短歌」昭和三十三年五月号

再婚の噂をききし衝撃のよみがへりつつ独活瀑《さら》しをり　同

「かつてわが夫《つま》たりし人」について思うと、充ちてくる涙のような追憶、そののち疼くような憎しみの感情が突然に湧き上がってきた。その憎しみもやがて追憶ゆえに次第に緩んでいく。しかしながら、離婚した夫の再婚の噂を聞いたときは、強い衝撃を受けた。まるでドラマの展開するような時間が流れていく。

冬の苺匙に圧《お》しをり別離よりつづきて永きわが孤りの喪《も》

『さるびあ街』

「短歌研究」昭和三十二年七月号の「靄沈む街」三十首の中の一首。冬の苺を匙で圧しているとき「わが孤りの喪《も》」という思いに至った。「靄沈む街」の一連の中で次のように歌が並ぶ。

殻うすき鶏卵を陽に透《すか》しゐて内より吾を責むるもの何

冬の苺匙に圧《お》しをり別離よりつづきて永きわが孤りの喪《も》

埃吹く明るき街はどの屋根も渇《かつ》ゑしごとき光を保つ

そして、一連の最後の歌は、

ひとりなる安堵も幸のひとつにて光る渚に足浸しをり

「別離」と柔らかい表現にしているが、つらい心境で「永きわが孤りの喪《も》」（初出では「孤り」は「ひとり」）と簡潔な詩的なフレーズで述べる。孤独感を感じさせる、失った愛に対する喪である。そして「追憶」と「憎しみ」に心は揺れながら「ひとりなる安堵も幸のひとつにて」と尾崎は自らに言い聞かせ、離婚後の生活と歌のあらたな出発を願ったのだろう。「心理の表現には具体は要らない。また、『事実』と『真実』は異る。佐太郎からしばしば言われた」（『佐太郎秀歌私見』）と尾崎は述べていて、この歌も作品の背景を説明せずに心の有り様そのものを伝えている。

夕映を曳きつつ帰り来しごとき夫《つま》を迎ふるわれと幼な子

『土曜日の歌集』『彩紅帖』

「短歌研究」昭和三十七年十一月号の「夕映」三十首のなかの一首。（初出と『彩紅帖』では「われ」は「吾」）尾崎磋瑛子の名にて出詠。昭和三十六年に経済学者尾崎巌と結婚をして東京・三田に住み、その翌年三十七年に長女美砂が生まれた。「夕映えを曳きつつ帰り来しごとき」と夫を大きな景に喩えて表す。幸せとあえて言わずに、夕映えのなか帰ってくる夫を幼な子と迎えるという場面を出して、淡々と表現したなかに幸福感が伝わる。

尾崎の歌には子の歌は意外と少ない。「短歌研究」平成十六年三月号の「母と子の間・そのエロスとタナトス」の特集で、尾崎は次のように記す。

母子詠というのを、若いころ私は好まなかった。あまりに身近で客観視しにくいこと、それに母性というものがどちらかといえば、生理的繋がりから生まれるところから、私の若い美意識がそれを素材にすることを拒んだ。(略)しかし、現実には、私の母性はあきれるほど子の存在を偏愛して来た。(略)その後、私は娘と心情の上でも距離を置こうとつとめて、無事「子離れ」を迎えたが、私にとっては今も「母性愛は本能」としか思えないのである。

尾崎は「夫を迎ふるわれと幼な子」とたっぷりとした幸福感すら抑えつつ内面を伝える。「母性愛は本能」という文章を読むと、生身の尾崎の子への情の濃さに気づかされる。

昏れ早きビルの内部に入りしとき無人の階を声下りくる

『土曜日の歌集』『彩紅帖』

「短歌研究」昭和三十七年十一月号の「夕映」のなかの一首、尾崎磋瑛子の名にて出詠。『土曜日の歌集』にルビはないが『彩紅帖』では「声下りくる」の「下」にルビ「くだ」がつく。「昏れ早き」なので季節は冬になっていく頃。ビルの中に入った時に聞こえてきた「声」を詠む。「階」は「階段」のことだろう。「声」に絞った表現が見事で、人の姿は見えないのに上の階段から声だけが降りてくる。無機的なように見えたビルの「内部」に着目して「ビル」そのものがまるで生き物であるかのようで不思議な捉え方である。

この歌は謎めいているが、次のような尾崎の意外なエピソードも面白い。短歌誌の編集者で小説家でもあった中井英夫は、昭和三十九年に『虚無への供物』（講談社）を刊行した。その小説のなかで尾崎は女探偵・奈々村久生のモデルと言われている。そして、『虚無への供物』の出版記念会の来会者名簿に尾崎は「奈々村久生」と署名したそうだ。

エスカレーターの段差縮むと思ふときたちまち地上に吐き出だされつ

『土曜日の歌集』

「運河」昭和六十年十月号が初出。尾崎左永子の名にて出詠。エスカレーターに乗っていて地下から地上に出た。エスカレーターから降りるときに、だんだん低くなって畳まれていくのを「段差が縮む」と克明に表現して、細部を見逃さない。「吐き出だされつ」は、人が地上に荷のごとく出されてモノのような扱いである。
『尾崎左永子短歌集成』(沖積舎刊)の昭和五十八年の年譜によれば、次のように記されている。

佐藤佐太郎との約束を守り「歩道」に帰ったが、「運河」創刊に伴い、創刊同人としてこれに加わり歌壇に復帰(平成十二年まで出詠)。

平成十三年は主筆となる「星座—歌とことば」(かまくら春秋社)を創刊していて「運河」への出詠は前年までである。「運河」の他の歌をひいてみよう。

闘ひはただ書きつぎて生きんのみ暁となりてわが腕痛む　昭和六十年九月号
切尖のひかるものみな怖れゐき午後すぎてゆふべ草に降る雨　昭和六十年十二月号

言葉を飾らずに詠んでいる。昭和六十年前後は『源氏の恋文』『源氏の薫り』など刊行の他、連載もあって「暁となりてわが腕痛む」となるまで、執筆にかなり無理を重ねていた。そして尖るものに対しての恐れを感じる繊細さがある。

木の椅子の音立ててわが立ち上がる孤りなる時を断つ如くして　『夕霧峠』

初句の入り方がとても巧みである。「木の椅子の音立てて」で場面がみえてくる。結句の「断つ如くして」という歯切れのいい言葉による直喩が効いている。「わが立ち上がる」という「わが」によって意志が伝わる。さらに「孤りなる時を断つ」という核心をつかんだ表現に心の動きもわかる。『夕霧峠』で第三十三回迢空賞受賞。

令和二年（二〇二〇年）七月に岡井隆が亡くなった。妻の恵理子さんによれば、最後に岡井の参加したイベントは横浜市短歌大会（二〇一七年九月二十六日に開催・ＮＨＫ学園主催）であった。その大会において岡井との対談で、尾崎のこの歌について岡井の次の言葉が心に残った。

（岡井）作歌や読書など孤独な自分自身だけの時間をとっていたのでしょう。その孤独な時間をここで終わりにしようという気持ちで立ち上がったというんだね。

さらに、岡井はこの歌の「た」と「と」の音について自然に出てきたのだけれどT音が多いと述べた。この発言で尾崎の次の言葉が浮かんだ。「ことばの響き」や「息づかい」を佐太郎はよく言ったので、尾崎はその教えとして「いい加減な表現をせず定型をいかし、いのちを吹き込むことを肝に銘じていた」と語った。その通りの方法を取り入れた表現である。

ゼブラゾーン渡りゆく喪《も》の集団が夕映ゆるホテルの扉《ドア》に消えたり

『夕霧峠』

初句六音の「ゼブラゾーン」は、横断歩道のこと。横断歩道を渡って喪服を着たひとかたまりの人たちが、動画のようにホテルの扉にぞろぞろと吸い込まれて消えた。省略の効いた「喪の集団」という言葉は揺るぎのない言葉である。喪服のひとたちが同じように動くので「集団」に見えて違和感を持ったのだろう。この横断歩道も扉も実に不思議な味わいである。夕日を受けてホテルの美しく輝いて見えている扉は、まるで異界に通じているようだ。

高速路の下の運河に雪の積む舟いくつありこの都市の冬

『夕霧峠』

高速道路の高架下の「運河」に雪を積んでいる舟が幾つか停留している。空間の広がっている静かな絵画的な場面である。結句の「この都市の冬」は何処と示されていない。歌集の中では、「横浜山手」の一連に続く「凍る夕映」の一連にこの歌は入っている。たとえば「横浜山手」の景色として、神奈川近代文学館・港の見える丘公園から谷戸坂をおりてきたあたりを思い浮べると、高架となっていて高速道路のその下を川が流れている。

軋みつつ江ノ電過ぎて海明りとどく範囲の軌条光れる

『星座空間』『風の鎌倉』

「星座」平成十三年創刊号の「海明り」が初出。江ノ島電鉄は一般に江ノ電と略され、「軌条」はレールである。「水明り」という言葉は辞書にはあるが、「海明り」は日本国語大辞典でも見当たらない。「水明り」というのは水面が反射して美しく輝くという意であるので、「海明り」は海から反射する明りのことなのだろう。江ノ電が走り去っていくとき、軋む音から海の明りとレールの光の方へ歌が静かに展開をする。つまり上の句の聴覚から下の句の視覚へ展開されている。海の明りが届く範囲だけレールが光るので、その他のレールは闇のなかにあって見えない。明暗が一首のなかでくっきりとしている。

天柱のごとき光炎たちまちに伸びて夕星に届かんとする

『星座空間』『風の鎌倉』

初句と第二句の「天柱のごとき光炎」とスケール大きく歌いだされていて、志高くこれからへの意気込みがみなぎっている。大きく炎があがって「夕星」に届きそうであると抒情的に優美に詠む。大きな喜びの出発であったのだ。

平成十三年に「星座―歌とことば」（主筆尾崎左永子）を創刊。ここにあげた歌は、歌集のなかの「光炎」の一連に入っていて、次のような詞書が付く。

西暦二〇〇一年一月六日。百年前、鉄幹が二十世紀を祝う迎え火を焚いたその由比ヶ浜に、近隣の歌びとら相つどい、二十一世紀の迎え火を焚いて「短歌二十一世紀・炎の出発」の誓いの声をあげた。集うもの約百五十名、しばし冬浜の闇に熱い意気の炎を燃やした。

アガパンサスの淡青《たんじやう》の花は夕昏れも球なせり捨て難き愁ひの形

『青孔雀』

「アガパンサス」はヒガンバナ科の花。淡い青の美しい花を描写して、しっとりとした内面が投影されている。花の「愁ひ」と共に尾崎の生もあるのだろう。
この歌集の歌を作っている時期と重なって『神と歌の物語　新訳　古事記』（草思社刊）などを執筆。その多忙な日々から歌を紡いだ。人生の時間の深まりと共に、日々の歌は、愁いを纏って端正な佇まいを見せ、静謐なあらたな境地をひらいている。

時惜しむといふは命を惜しむこと切々と夜雨は過ぎて音無し

『青孔雀』

夜の雨は過ぎて音の無い夜に「時」を惜しんでいる。夫との暮しに命をみつめる静かな確かな目がここにある。第四句の「夜雨」は「よさめ」と読めば「せつせつとよさめは」と九音になり二音の字余り。おそらく「やう」と詠むのだろう。この歌の「と」の響きに注目した。「時（とき）惜しむ」「といふは」「惜しむこと」「切々と」「音（おと）」の言葉にそれぞれふくまれている。さらに「惜しむ」のリフレインの「お」、そして結句の「音無し」の「お」が一首のリズムをとっている。歌の内容と一首のリズムが見事に合っている。

早春の独活《うど》しろじろと水に放ちゆらぐ光のごとき明日あり

『風の鎌倉』

初句の「早春の独活」が導き出しているほのかな明るさは、尾崎の心に兆す明るさなのだろう。「早春の独活」を薄く切って水に放つ。その揺らぐ光のような「明日」を、直喩にて表現する。「早春の独活」と季節を表す言葉をいれて一首に奥行きが出ている。第二句に置かれている「しろじろと」は「水に放ち」にかかり、さらに言えば「ゆらぐ光」にもイメージが繋がっている。

『風の鎌倉』

喫茶店の鏡のなかを逆しまに遠去かりゆく夏の自転車

喫茶店の鏡のなかの遠去かってゆく「夏の自転車」が不思議である。第三句の「逆しまに」によっていろいろと想像させ、詩的な発見の面白さがある。自転車に夏の日差しがあたってハンドルや車輪の光を感じさせる。「夏の自転車」を結句に置いて「逆しまに遠去かりゆく」には、時間まで巻き戻されるようで感覚的にシュールである。

しかし、尾崎の「夏の自転車」は創作かもしれない。佐太郎は〈時代の表現〉、例えば前衛短歌などと距離を置き、尾崎自身も前衛短歌の流れには乗らなかったが、見た光景そのままでなく創作というのは第一歌集の頃からあったのだろう。

尾崎の詩集から書き抜こう。尾崎磋瑛子著『放送詩集　植物都市』（昭和四十七年白凰社）

より。

「街　断章」より抄出

とある街角の　ガラス張りの　喫茶室に　飾られている　壁の鏡
その中に　いま歩いて来た　街がみえる
右と左と　入れ替っただけなのに　まるで　見知らぬ街のように　とりすまして――
歪《ゆが》んだ　傾斜のままに　傾いた街を　傾いたままの人が　歩いていく
一人　二人　五人　八人
傾いたまま　見知らぬ明日《あす》へ　なだれこむように

（略）

この詩を読んだときに、ガラス張りではないが、鎌倉で尾崎のよく行く喫茶店が浮かんだ。鶴岡八幡宮の帰りにこの喫茶店で珈琲を飲んでいて、ふと見るとカウンターのあたりに大きな鏡が置かれていて、入口付近の人の動きは見える。「街　断章」の詩のなかの「まるで　見知らぬ街」は尾崎自身の裡に存在する街であってもいい。

のびちぢみする噴水の先端が並びつつみゆここの窓より

『風の鎌倉』

噴水をよく観察していて視点と切り取り方に惹かれる。ふき上がってくる噴水の先端をじっとみつめていて「のびちぢみ」がわかる。噴水の先端は、いつも決まった高さを保っているわけではなく上下するが、先端の並んだときを描きとっている。噴水を見上げるのではなく、先端が並んで見えているので、結句の「ここの窓より」というのは一階ではなく二階ぐらいの高さのある窓なのだろう。

持つペンを重しと思ふ午後にして沙羅の若葉に雨ふりいでぬ

『薔薇断章』

「持つペンを重しと思ふ」と、ペンの重さによって自らの心情を表す。ペンがただ重いというのではなく「重しと思ふ」と「思ふ」を加えているので、長い時間書いて疲れをおぼえたのか、書きあぐねているのだろう。庭の沙羅の薄い緑色の若葉に降りだした雨に目をとめている。自然の描写をいかしていて、心情と上手く絡み合っている。

尾崎の住んでいるのは鎌倉山。そして庭に沙羅の木があって美しく咲くので住まいを「沙羅《さら》山房《さんぼう》」と呼んでいた。この歌集で第三十一回詩歌文学館賞を受賞。

ものの芽のひとつひとつが尖《とが》りゐるかかる不思議を見つつ虔しむ

『薔薇断章』

春ともなればさまざまな木々が、すべてひとつずつ芽吹く。そういう植物の持っている潑剌とした生命力に心を打たれながら見つめている。上の句から下の句に流れるようなリズムである。芽吹いていくものはみな同じように尖っていって、ああなんて木々の命はふしぎなのだろうと感慨深いのである。結句の「虔しむ」は植物だけでなく、すべての命を大切にして敬う気持ちなのであろう。

砂時計の砂落つるさま見てゐしが最後に落つる砂の無表情

『薔薇断章』

砂時計の砂が、ゆっくりと落ちてゆき最後にとうとう無くなる瞬間の心の動きをとらえている。いままで存在したモノが無となるときの怖れと虚しさにおそわれる、そういう感情の表白である。無になることによって在ったことを強く意識する。「砂の無表情」は砂を擬人化して、無という厳然としたものに対して自らの心の有り様を語る。この砂時計に流れた時間に、人間に流れてゆく時間を重ねている。

娘《こ》の最期と知れどすべもなき病棟に人とは畢竟《ひつきやう》ただ禱るのみ

『薔薇断章』

平成二十五年長女の徳山美砂さんが五十一歳にて逝去。母として娘のために、もう為すすべがなく祈るのみであった。「畢竟」は「つまるところ、結局」という意である。悲しみを悲しみとあえて言わず、心情を激しく述べている「人とは畢竟《ひつきやう》ただ禱るのみ」に万感の思いがこもる。

尾崎左永子編『美砂ちゃんの遺歌集』(紅書房)が平成二十六年十一月に刊行。美砂さんは平成二十五年五月に癌を発病し、同年十月十日に死去した。尾崎のあとがきの「美砂のこと、すこし」に「五月に発病して、六月、癌研へ入院、九月にはホスピスへといわれたのですが、白い部屋に一人置くのは母親としてはとても耐えられず、九月一日から、家に引き取りました。それからの痛みとの戦いに、弱音を吐かず、亡くなる三日前には、自ら望んで鎌倉のクリニックへ入院」と記されている。

お前はもう充分堪へた吾娘《あこ》の死を褒めつつその髪撫でゐたりけり

『薔薇断章』

命の尽きる最期まで力を尽くした娘に対して「死を褒めつつその髪撫でゐたりけり」と文語の端正な言葉で思いを凝縮させる。八十歳半ばでひとり娘の死に出合うという悲嘆。泣き崩れてしまうのを抑えながらに、頑張って生きた娘を褒めてあげようと、命なき娘にかつて幼き頃にしたように髪を撫でる。なんというかなしい場面であろう。詩的に結晶化された悲しみである。娘を胎に宿したころから今までのことが尾崎の頭によぎったのに違いない。母である自らの手には、娘の髪の感触が残って消えることはない。

『美砂ちゃんの遺歌集』に記されている美砂さんの略歴によれば、東海大学考古学課程を卒業し、発掘現場で知り合った徳山氏と結婚。歌誌「運河」に所属し、川島喜代詩に師事して、のちに「星座」「星座α」に出詠した。遺歌集から一首あげよう。

古鏡しずかに展示されおり映すという用途やすやす裏返されて

徳山美砂

父母が逝き夫《つま》逝き子逝きひとりなる夜の窓に無音の雪は降り出づ

『薔薇断章』

前歌集『椿くれなゐ』（平成二十二年）では夫の死、そしてこの歌集では一人娘の美砂さんを亡くした歌を収めている。この歌集の「後記」に「遂に全く孤りになってしまった私の一種の力綱ともなった短歌への感謝」という言葉が記されている。「力綱」という言葉が実に胸に重く響いてくる。

上の句の「逝き」の繰り返しがさみしく響く。下の句の「雪（ゆき）」は偶然であるかもしれないが「逝き（ゆき）」が引き寄せた言葉と言っていい。夜の窓を見ると降り出した雪に気が付いた。音なく雪が降ると表さずに「無音の雪」と述べ「無音」というかたい言葉が、渇いた心情と合っていて効果的である。家族の死を悲しみ、やがてさみしさからようやく諦念へ動いていかざるを得ない心情を「夜の窓に無音の雪は降り出づ」と表す。

咲き切るといふ時貴しと思ふまで牡丹の花に昼光重し

『鎌倉山房雑記』

「牡丹の花」に焦点を絞って咲ききるときを称賛して詠む。「昼光」は「太陽の光、自然光」

をいう。ただ咲くというのではなく、貴しと思うまで咲き切る牡丹の花に太陽の光が重く輝く。花の時間に心をとめて細やかに描く。

この牡丹の花は静謐である。花のまわりの空気や光も感じさせてその静けさは決して淡くなく、花そのものをこえて存在感を発揮している。

全天の夕焼の下いまわれは残り時間を意識して生く

『鎌倉山房雑記』


初句第二句に「全天の夕焼の下」という絵画のような大きなとらえ方をして、自然を描くスケールが大きい。空全体を見渡せるのは海辺か高台であろう。「全天の夕焼の下」に佇み、みずからの命を意識している。

空すべてが茜色に染まったときに忽然と湧いた深い感慨である。生きるということに対して、しみじみとした尊い表白である。「残り時間」を意識するというのは、これからの時間を丁寧に生きていこうとする前向きな意志である。

尾崎左永子百首

中川佐和子選

第一歌集『さるびあ街』（一九五七年刊）

あらあらしき春の疾風《はやち》や夜白く辛夷《こぶし》のつぼみふくらみぬべし
たえまなく楠の若葉に音しつつ風ある朝は何を恋ほしむ
月に照る夜の白雲ありありとみえつつ暗き糸杉が立つ
たぎつ瀬に暁の霧立ちながら鶺鴒はたえず処を移す
竜舌蘭のするどき葉みなさみだれの音立てて降る雨を浴びをり
戦争に失ひしもののひとつにてリボンの長き麦藁帽子
雷雨すぎしのち急速に夕づきて雫をふるふ椎のみどり葉
芽の白きグリンピースを沈めたる水に雪ふる店先を過ぐ

花終ふるサルビアの朱傾《あけ》きて日にかわきゐる公園に来つ
あたたかき雨止みしのち風立ちて麦の芽生えのうごく夕ぐれ
膚《はだ》光る銀糸魚《さより》を箸にはさみつつ幸ひはいつ吾がうちに棲む
心乱れ別れ来りて寂しきに路地の向うに冬土ひかる
殻うすき鶏卵を陽に透しつつ内より吾を責むるもの何
冬の苺匙に圧《お》しをり別離よりつづきて永きわが孤りの喪《も》

第二歌集『土曜日の歌集』（一九八八年刊）

※氷雨ふる街より入りし地下道に雛売られゐて夜のその声
※空間に翳あるごとき鋪道の上歩み来て春の帽子をえらぶ
※夕映を曳きつつ帰り来しごとき夫《つま》を迎ふるわれと幼な子
※巨木積むトラック過ぎて埠頭の上冬喚ぶごとき少年のこゑ
※五月は喪服の季節といへり新緑の駅舎出づればまぶしき真昼

石垣に茅花《つばな》光りて風ありき父ありき東京にわれは育ちき
高層の反照のなかあはあはと虚構の影を曳きて行き交《か》ふ
放送室の分厚き扉閉ぢしかば反響のなき空間となる
テレビ局の食堂なれば雑兵《ざうひやう》の扮装のまま人らもの食《は》む
電光のニュース動けり夜の空に垂直に昇る文字の断片

（※の五首は『彩紅帖』にも収録）

第三歌集『彩紅帖』（一九九〇年刊）

苦しみをいくつか越えてさだまらぬ心ぞ今日の榛《はしばみ》の青
愛恋を懼るといへどわが過去の何を恃むといふにもあらず
街蔽《おほ》ふ高き曇りに鉄骨を穿《うが》つするどき音がきこゆる
鋼鉄の匂ひは甘し新緑の風吹き込まぬ地下に入り来て

第四歌集『炎環』（一九九三年刊）

縄文の器焼かるる野窯より立ちやまぬ炎群《ほむら》闇を斥《しりぞ》く

炎環の中に踊りの人群れてこの夜の闇は渦巻くごとし

野茨の青き棘など晩夏《おそなつ》の光にものの翳《かげ》鋭《と》くなりぬ

思ひきり己れ解き放つ時欲りてパウル・クレーの絵を仰ぎゐる

第五歌集『春雪ふたたび』（一九九六年刊）

文学館前の枯芝影なくて風に削《そ》がるるごとくわが立つ

帆走を終へたる舟が春光を畳むごとくに帆をおろしをり

母若く肩細かりき鉄線の夏帯の背が遠ざかるとき

通過するなべての列車晩夏《おそなつ》の海の反照をつらぬきゆけり

足早に駈け抜けしわが三十代聖橋《ひじりばし》散る枯葉ボブ・ディランなど

シースルーエレベーターが灯《とも》しつつ降《くだ》りくる夜《よ》の街雪となる

第六歌集『夕霧峠』（一九九八年刊）

愚母賢母まぎれもあらず愚母にして娘の決断におろおろとゐる

透きとほる生《なま》のしらすがわが咽喉《のみど》過ぐるときとげとげと哀しみ起る

及辰園先生がひく杖のかげ動き行きけん晩冬の路地

おしなべて星移る音聴くごとく耳鳴る冬夜ものを書き継ぐ

紅薔薇の追憶に似て老い母が折々言ひしチャリネ曲馬団

春日さす寝台列車見たりしがこの夜いづこの闇走りゐん

幻に柘榴の朱実おもふとき一瞬内にはじけゆくもの

昏れのこる中空に淡き五日月いつか帰らん故郷をもたず

秋草の花みな濡れて霧になびく夕霧峠といふ道をこゆ

地下に入る電車あらかじめ灯を点《つ》けて雨ふる昼の駅発ちゆけり

通過する駅に群れゐる人の貌なべて瞬時に無表情となる

水の香と花の香木の香動かして渓わたりくる風に吹かるる

第七歌集『星座空間』（二〇〇一年刊）

キャッツアイ星雲の核の青白き星を思へば生死混沌

乾きゆく赤唐辛子吊されて辛辣《しんらつ》の過去日に照るごとし

生日に負ひたる性《さが》のありてわれは火《ひ》性《しやう》　水《みづ》性《しやう》　水晶の性《しやう》

第八歌集『夏至前後』（二〇〇二年刊）

大理石の床ふみゆけり古代ローマの女の蹠《あしうら》　思ふともなく

何気なく顔上げしとき未知の人が凝視を外す瞬間に遭ふ

白木槿音なく落つる午後にして夏の税務署しづもりゐたり

鳥瞰図のごとき既視感ありありと立ちて真冬の墳丘のうへ

第九歌集『青孔雀』（二〇〇六年刊）

独りよりふたりはよしと春玉葱のスープ盛りつつ言にはいはず
人間の耳のかたちの奇妙など思はず眠れ月下の窓に
歳晩のコンコースゆく人の群三倍速の画面に似たり
肥後の守《かみ》といふ名の小刀《こがたな》筆箱に携へてみな器用なりしが
未来とは永久に来ぬ時のことされど沖に向き海光に佇つ

第十歌集『さくら』（二〇〇七年）

歌は愁ひの器にあらず武器にあらずさくら咲き自づからことばみちくる
戦中戦後わが自分史のいづこにもさくらの記憶ありてかなしむ
ひめゆり部隊世代のわれは残り生《よ》の一日のさくらおろそかに見ず
散りしける落花の上を走りゆく花びら幾千かぎりもあらず
風のかたち見ゆるごとしも渦立ちて道吹かれゆく落花の群は

青凪の港湾の縁をいろどりて桜並木は音なくぞ照る
沼に風立ちて揺れゐる花筏その平面のくれなゐ淡く
花の雨花の闇はた花明り心つくづくといま生きてゐる

第十一歌集『風の鎌倉』（二〇一〇年）

楠《くすのき》を吹く風の音騒がしき炎暑の午后に図書館を出づ
横浜の夕闇にふいに聴こえんか煉瓦道《みち》往く馬車の音など
敵意あるいは好奇心互《かた》みに量りつつ砂浜にゐるわれと鴉と
かげりゆく丘よりみれば新都市のビル群しろく秋の日に照る
十六夜《いざよひ》の谷戸にみちくる若葉の音風立つは人の近付くに似て
夏はやく黄のカンナ咲く海岸の小駅にわれは風に吹かるる
取材記者たりし日暑き陽のなかを歩みき噴水の光るかたはら

第十二歌集『椿くれなゐ』（二〇一〇年）

午後の曇り明るみたれど石畳行くわれの影いまだ生まれず
終の棲家と決めて生き来し鎌倉山沙羅山房の残花が白し
死といふこと肯はぬまま弱りゆく人見つめをり一生《ひとよ》の苛酷
ふいに君を悼む涙のつきあげて葉桜の鋪道にわが立ちどまる
たしかなる明日ひらかれん冬陽さす磐座《いはくら》に置く椿くれなゐ
いま行かば雪消の沢に蕗の薹群れゐんかその草萌え恋ほし
夕昏は春泥の冷えのぼりくる蓮池に小さき泡の音する

第十三歌集『薔薇断章』（二〇一五年）

息づきに似て音こもる夜の海連想もまた夜を脱《のが》れ得ず
梨花白き夕闇のなか少しづつ失ひし時の量を悲しむ
三輪の形《なり》紺青に深き夕べにてのぼる夕月おぼろにみゆる

夜おそく帰りし父にもらひたる遠き追憶のマロン・グラッセ
蟬声《せんせい》の降りくる桜樹《あうじゆ》の下ゆきて思慕また深し今日佐太郎忌
朝風に逆らひながら蜻蛉《せいれい》の群は夏原に低く飛び交ふ
青葉濃き鎌倉山のほととぎす人想ふこころ剪《き》るごとく啼く
『香道秘伝奥之栞《おくのしをり》』を訓《よ》み解《と》けるかの日の熱気は還るすべなき
病棟に子を置きて帰る雨の街心疲るることにも馴れつ
最期まで乱れを見せず逝ける子よわが掌には甘き髪の香のこる
父母が逝き夫《つま》逝き子逝きひとりなる夜の窓に無音の雪は降り出づ
あるときは夢に来て咲け薔薇いくつこの世に咲かぬつぼみの未生
薔薇園には薔薇の時間のありぬべし夕翳のなかに香りが沈む

『鎌倉山房雑記』（二〇一八年刊『尾崎左永子短歌集成』収録の「未刊歌集」）

生きてゐる証拠のやうに稿を書く日々重ね来て終末近し

生くる意思失ふなかれ桐の花ことしも天に向きてひらくを

心深く根づよき憤《いか》りはみな去りて無心なる樹となりゆくわれか

尾崎左永子略年譜

昭和二年（一九二七）
十一月五日、東京都豊島区巣鴨に出生。内務省（後に宮内省）の官吏であった父酒巻芳男と母壽（ひさ）の四女。四姉妹の末子。本名、磋瑛子（さえこ）。母壽の実父は明治天皇の侍医。

昭和九年（一九三四）
四月、女子学習院入学。麴町紀尾井町に住む。

昭和十二年（一九三七）
七月、父の病気療養に伴い千葉県姉崎に転地。千葉県女子師範付属小学校四年に転入学。

昭和十三年（一九三八）
十一月、東京世田谷区瀬田へ転居。赤松小学校（大森区）へ転入学。

昭和十五年（一九四〇）
四月、姉三人に続き東京女学館中等科入学。詩に親しむ。

昭和十九年（一九四四）
前年より回覧文芸誌「さざなみ」発行。四月、一学年を飛ばして東京女子大国語科入学。松村緑、西尾実教授の指導を受ける。声楽を関《せき》鑑子《あきこ》氏に師事。佐藤佐太郎の『しろたへ』と出合う。

昭和二十年（一九四五）
戦後、演劇部に所属、木下順二、山本安英、薄田研二氏らの指導をうける。

昭和二十一年（一九四六）
女子大に在学中から佐藤佐太郎に師事し、この年はじめて蒲田糀谷のお宅を訪問、面会。「歩道」入会。この頃一高（東大）生と協力して雑誌「想望」を創刊するも三号で廃刊。

昭和二十二年（一九四七）
三月、東京女子大卒業。戦時中の一年短縮により卒業時まだ十九歳であった。父の友人長田幹彦の秘書として改稿・割付・校正などを仕込まれる。

昭和二十五年（一九五〇）
紀伊國屋書店洋書部に短期間勤務。大学時代の演劇仲間松田某と結婚。

昭和二十九年（一九五四）
十一月、「短歌研究」新人賞入選。裏千家より松田宗瑛の茶名紋許。

昭和三十一年（一九五六）
離婚。実家に戻り、NHK台本作家となる。二月に初めて集会を持った「青の会」に加わり、六月に「青の会」から発展した「青年歌人会議」にさらに加わって、はじめて他結社の新鋭歌人らと交わる。七月、「短歌」戦後新鋭百人集に選出される。油絵を光風会・西山真一、山田茂人氏に師事。

昭和三十二年（一九五七）
八月、第一歌集『さるびあ街』（琅玕洞）刊。当時筆名「松田さえこ」を用いていた。日本歌人クラブ推薦優秀歌集となる。

昭和三十三年（一九五八）
「短歌」新唱十人に選出される。

昭和三十四年（一九五九）
しばらく角川書店「短歌」の編集を手伝う。当時の「俳句」編集長、秋元不死男氏より影響を受ける。

昭和三十六年（一九六一）
六月、尾崎巌（経済学者）と結婚。三田に住む。

昭和三十七年（一九六二）
七月、長女美砂誕生。合唱組曲「蔵王」（カワイ楽譜）を作詞、芸術祭参加作品として初めて楽譜が世に出る。以後合唱組曲十二冊程。

昭和三十八年（一九六三）
実母が倒れ、世田谷の実家に同居。

昭和三十九年（一九六四）
四月、NHKラジオ「夢のハーモニー」の構成と詩作を開始、のち二十年余継続。

昭和四十年（一九六五）
六月、合同歌集『彩―女流五人』（新星書

房）刊（他に大西民子、北沢郁子、馬場あき子、山中智恵子）。夫のハーバード大研究留学のため、後から幼児を連れてはじめて海を渡り、米ケンブリッジ市に住む。

昭和四十一年（一九六六）
秋、帰国。放送の仕事に復帰するも、思うところあって歌壇には復帰しなかった。のち昭和五十八年まで短歌と無縁に過ごす。但し「万葉集講義」を講じる。

ボストンにはその後度々訪れ、ヨーロッパへも夫の学会発表の際に同行、フランス、ドイツ、オーストリアなど歴訪。

昭和四十七年（一九七二）
三月、放送詩集『植物都市』（白凰社）刊。

昭和五十二年（一九七七）
十二月、鎌倉に転居。

昭和五十三年（一九七八）
「源氏物語講義」を藤沢市民の家にて開講、八年余をかけて読了。この講義録を元に、平成九年『新訳源氏物語』全四巻（小学館）刊。

昭和五十四年（一九七九）
四月、『おてんば歳時記―東京・山ノ手・女の暮らし』（草思社）刊。

昭和五十五年（一九八〇）
古典研究のため改めて国文学者松尾聰の門を叩き、以後基礎的学問を叩きこまれる。約十六年師事。合唱組曲「海」（カワイ楽譜）作詞。

昭和五十六年（一九八一）
『源氏物語』の薫香を知るため、香道御家流宗家三條西堯山に師事。のち奥伝を許されて尾崎暁紅の名を受ける。

昭和五十八年（一九八三）
佐藤佐太郎との約束を守り「歩道」に帰ったが、「運河」創刊に伴い、創刊同人としてこれに加わり、歌壇に復帰（平成十二年まで出詠）。一月、『女人歌抄』（中央公論社）刊。

三月、『竹久夢二抄』（平凡社）刊。

昭和五十九年（一九八四）

四月、『源氏の恋文』（求龍堂）刊。これにより第三十二回日本エッセイスト・クラブ賞受賞。『尾崎左永子の詩による歌曲集』（大平繁子編、音楽之友社）刊。

昭和六十年（一九八五）

文化庁芸術祭賞（TVドラマ部門）審査委員。合唱組曲「花の香を追って」（全音楽譜）作詞。

昭和六十一年（一九八六）

四月、早稲田大学文学部大学院上代文学研究科研修生となり橋本達雄（万葉集）に師事、二年在籍。

八月、『源氏の薫り』（求龍堂）刊。

昭和六十二年（一九八七）

四月、『尾崎左永子の古今和歌集／新古今和歌集』（集英社）刊。

昭和六十三年（一九八八）

文化庁芸術選奨選考審査員。

一月、第二歌集『土曜日の歌集』（沖積舎）刊、この歌集にてミューズ賞受賞。四月、『恋ごろも―明星の青春群像』（角川書店）刊。合唱組曲「幻の木」（カワイ楽譜）作詞。

平成元年（一九八九）

神奈川県義務教育諸学校事務研究協議会委員。

神奈川文学振興会評議員。

二月、第一歌集『さるびあ街』（沖積舎）を尾崎左永子の名で再刊。

平成二年（一九九〇）

二月、『光源氏の四季』（朝日新聞出版）刊。

四月より文教大学文芸科講師として三年に亘り「明星初期論」を講ず。十月、第三歌集『彩紅帖』（紅書房）、同月『源氏花がたみ』（東京書籍）刊。

平成三年（一九九一）

十一月、『現代短歌入門』（沖積舎）刊。

平成五年（一九九三）

三月、『愛のうた―晶子・啄木・茂吉』（創樹社）刊。十一月、第四歌集『炎環』（砂子屋書房）刊。

平成六年（一九九四）

六月、『梁塵秘抄漂游』（紅書房）刊。十月、自撰歌集『鎌倉もだぁん』（沖積舎）刊。

平成八年（一九九六）

十月、第五歌集『春雪ふたたび』（砂子屋書房）刊。

平成九年（一九九七）

八月、『源氏の明り』（求龍堂）刊。十月から翌年一月にかけて、『新訳源氏物語』全四巻（小学館）刊。神奈川文化賞受賞。

十二月、評伝『かの子歌の子』（集英社）刊。

平成十年（一九九八）

十一月、第六歌集『夕霧峠』（砂子屋書房）刊。第三十三回迢空賞受賞。

平成十三年（二〇〇一）

一月、「星座―歌とことば」（かまくら春秋社）創刊、主筆をつとめる。同月、〈短歌二十一世紀・炎の出発〉を鎌倉由比ヶ浜にて催す。

十一月、第七歌集『星座空間』（短歌研究社）刊。

平成十四年（二〇〇二）

一月、第八歌集『夏至前後』（短歌新聞社）刊。四月、『香道蘭之園』（校注、淡交社）刊。

平成十五年（二〇〇三）

文化庁長官表彰。日本エッセイスト・クラブ常任理事。

平成十六年（二〇〇四）

神奈川文学振興会理事。

三月、『古歌逍遥』（NHK出版）刊。

四月、「鎌倉歌壇」結成、初代会長（平成二十五年まで）。

平成十七年（二〇〇五）

三月、鶴岡八幡宮献詠披講式選者（令和元年まで）。

十一月、『神と歌の物語　新訳　古事記』（草思社）刊。「枕草子講義」開講（鎌倉婦人子供会館）。

平成十八年（二〇〇六）

六月、現代短歌文庫『尾崎左永子歌集』／八月、『続尾崎左永子歌集』（共に砂子屋書房）刊。

十一月、第九歌集『青孔雀』（砂子屋書房）刊。

十一月、「鎌倉歌壇さきがけ源実朝公顕彰歌会」発足、選者（平成二十六年まで）。

平成十九年（二〇〇七）

三月、書下ろし第十歌集『さくら』（角川書店）刊。六月、『古典いろは随想』（紅書房）刊。九月、『短歌カンタービレ・はじめての短歌レッスン』（かまくら春秋社）刊。

平成二十年（二〇〇八）

五月に夫、巌死去、八十一歳。

五月、書下ろし『「鎌倉百人一首」を歩く』（集英社新書ヴィジュアル版）刊。七月、『チヨコちゃんの魔法のともだち』（幻戯書房）刊。

平成二十一年（二〇〇九）

四月、「佐太郎秀歌私見」を「星座」に連載開始（平成二十五年終了）。

五月、『大和物語の世界』（書肆フローラ）刊。

平成二十二年（二〇一〇）

四月、第十一歌集『風の鎌倉』（かまくら春秋社）刊。

四月、『尾崎左永子の語る百人一首の世界』（書肆フローラ）刊。七月、第十二歌集『椿くれなゐ』（砂子屋書房）刊。

十一月、「星座―歌とことば」の勉強誌として「星座α」を創刊、主筆。同月、主筆を務める「星座」は創刊十周年を迎え、記念パーティーを開催（11・26鎌倉プリンスホテル）。

平成二十三年（二〇一一）

二月、書下ろし『王朝文学の楽しみ』（岩波新書）刊。
平成二十四年（二〇一二）
九月、『源氏物語随想』（紅書房）刊。
平成二十五年（二〇一三）
十月、長女徳山美砂死去、五十一歳。
十月、「星座」に〈自伝的短歌論〉連載開始。
十一月、『平安時代の薫香』（フレグランスジャーナル社）刊。
平成二十六年（二〇一四）
十月、『佐太郎秀歌私見』（角川学芸出版）刊。
第六回日本歌人クラブ大賞受賞。
十一月、故・長女の『美砂ちゃんの遺歌集』（紅書房）編集・刊。
平成二十七年（二〇一五）
十月、第十三歌集『薔薇断章』（短歌研究社）刊。第三十一回詩歌文学館賞受賞。
十一月、自筆墨書『尾崎左永子八十八歌』（沖積舎）刊。
「米寿を祝う会」（10・6横浜ベイシェラトン）。
「星座の会」十五周年大会（10・7ホテルモントレ横浜）。
平成二十八年（二〇一六）
一月、宮中歌会始の召人をつとめる。
平成二十九年（二〇一七）
第一歌集『さるびあ街』を第一歌集文庫（現代短歌社）として刊。
平成三十年（二〇一八）
一月、『「明星」初期事情　晶子と鉄幹』（青磁社）刊。
十月、『尾崎左永子短歌集成』（沖積舎）刊。
平成三十一年／令和元年（二〇一九）
六月、『自伝的短歌論』（砂子屋書房）刊。
七月、「星座」は九十号にて休刊。
十月、鎌倉市内の高齢者介護施設に入居。
「星座α」は現在も発行中。

（『尾崎左永子短歌集成』の「年譜」より抜粋・加筆）

あとがき

尾崎左永子の歌はもちろん読んでいたが、お会いしてはじめて話をしたのは、平成元年に死去した河野愛子の偲ぶ会が最初だったと記憶している。その後、角川書店など出版社の会、ＮＨＫ学園の短歌大会、神奈川県歌人会の大会、鎌倉の鶴岡八幡宮での「実朝祭」の短歌大会など、さまざまにお会いする機会があった。また、平成十六年に「鎌倉歌壇」を立ち上げた尾崎から、鎌倉在住の歌人だけでなく近隣の歌人も加わって鎌倉から発信をしたいからというので誘いがあって、私は会に入った。そういうこともあって、嬉しいことにさらにお目にかかる機会があった。

或る日、尾崎が「私のことを書いてみない？」とおっしゃった。思いがけないことではあったが「なんとか挑戦します」と申し上げた。それから月日が経ってしまったが、尾崎はふわっと包みこむような方で「そんなのいつでもいいのよぉ、おまかせするわ」と、いつも言ってくださっていた。師佐藤佐太郎の短歌の純粋さが好きという言葉を直接うかがっていた。短歌に対する揺るぎない信念に、短歌とは何なのだろうということを考えさせられた。果たして何を受け継いで、何を自身の世界として加えたのか、分け入って考えてみたいと思ってきた。それでこの一冊を書こうと決めた。

私の師であった河野愛子は戦後すぐ「アララギ」に入会し、土屋文明の選歌欄に歌を投稿した。やがて結核となった河野は短歌を「生きるよすが」として自らを励まし、やがて昭和二十六年六月に、敬愛する近藤芳美を中心とした歌誌「未来」の創刊に参加して、岡井隆から大きな文学的な影響を受けつつ、平成元年の亡くなる数日前まで歌を作り続けた。そして、佐藤佐太郎は、大正十五年に「アララギ」に入会して斎藤茂吉に師事、昭和二十年五月に「歩道」を創刊した。その翌年より尾崎はきびしい指導を受けつつ「歩道」で短歌を作っていた。言ってみれば、昭和二十年代三十年代において、河野も尾崎もそれぞれ「アララギ」の流れを汲む「未来」と「歩道」で学び、それぞれの日々において歌を生きる支えとした。「短歌研究」（昭和二十六年一月号）に折口信夫の「女流の歌を閉塞したもの」という評論が出され、論議を呼んだ。その評論の中の「アララギ第一のしくじりは女の歌を殺して了つた——女歌の伝統を放逐してしまつたやうに見えることです」は、しかし、果たしてそうであったのか。佐太郎の歌に惹かれて、自らの歌をどのように展開していったのか、どのように歌の世界を創っていったのか、尾崎の歌に興味は尽きない。

そして、私は尾崎から宝物ともいうべき一冊をお預かりしている。「鎌倉山のこの家のどこかに大事にとってあるから、捜し出したら必ずお渡しするわ」とおっしゃっていたのを、或る日送ってくださった。それは、初めて尾崎が投稿した、ガリ版印刷の「歩道」で、昭和二十一年三・四月合併号である。その「歩道」を前にすると、昭和、平成、令和と時間が流れたことは、並々ならないことだと気が付く。昭和二十三年六月号から「歩道」は活版印刷となり、その号からの「歩道」は、国立国会図書館に資料として保管されている。そこで、国会図書館にしばらく通って資料を得た。国会図書館は、資料のデジタル化に移行する前であったので、歌誌「歩道」はマイクロ資料だった。その都度受付で閲覧のため貸し出してきて、マイクロフィルムリーダーの何台か並ぶ、ひんやりとした一室で画面を覗き込んだ。そして、コピーの希望ページをクリックして、待ち時間ののち館内の窓口でコピーを受け取るという昔ながらの方式であった。図書館の一室に「歩道」のマイクロフィルムと共に長くこもって、昭和二十年代三十年代の当時の熱気を浴びていた。そして、いかに尾崎が、師佐藤佐太郎から大きな影響を受けたか、目の当たりにした。そういう手作業も今思い返せば大事な時間に思える。

尾崎は、短歌ばかりでなく活動の範囲は広い。「原稿を鉛筆で書くので腱鞘炎になったわ」とか、一月はじめにお会いすると「お正月にもずっと書いていましたよ」って、さらりとおっしゃることがあった。

この本の中では、「都会的な知的抒情」「歌の出発　ガリ版印刷の『歩道』」「短歌を語る」〈角川「短歌」令和二年五月号のインタビュー〉以外は書下ろしである。「秀歌鑑賞」は、令和元年五月の「鎌倉歌壇」での「『尾崎左永子の短歌集成』の世界」の講演でとりあげた歌を中心とした。

この本の出版に際して、平塚恵子さんが年譜でお力をお貸しくださって、感謝申し上げる。そして、お世話になった角川「短歌」北田智広編集長、ご担当の書籍編集部橋本由貴子氏に心より感謝申し上げる。装幀は大武尚貴氏にお願いすることになった。どのような装幀になるのか楽しみにしている。

令和六年三月

中川　佐和子

著者略歴

中川佐和子（なかがわ　さわこ）

1954年兵庫県生まれ。早稲田大学第一文学部日本文学科卒。歌集に『海に向く椅子』（第38回角川短歌賞受賞作収録）、『朱砂色の歳月』、『春の野に鏡を置けば』（第22回ながらみ書房出版賞）、『花桃の木だから』、『夏の天球義』など。評論集『河野愛子論』（第10回河野愛子賞）。入門書に『初心者にやさしい　短歌の練習帳』。

現在「未来」編集委員・選者、日本文藝家協会会員、現代歌人協会理事、日本歌人クラブ参与。NHK学園短歌講座専任講師。

尾《お》崎《ざき》左《さ》永《え》子《こ》論《ろん》　冷《ひ》えた翳《かげ》と鮮烈《せんれつ》な朱色《しゆいろ》

初版発行　2024年10月25日
2版発行　2024年12月30日

著　者　中川佐和子
発行者　石川一郎
発　行　公益財団法人 角川文化振興財団
〒359-0023 埼玉県所沢市東所沢和田3-31-3
ところざわサクラタウン 角川武蔵野ミュージアム
電話 050-1742-0634
https://www.kadokawa-zaidan.or.jp/
発　売　株式会社 KADOKAWA
〒102-8177 東京都千代田区富士見2-13-3
電話 0570-002-301（ナビダイヤル）
https://www.kadokawa.co.jp/
印刷製本　中央精版印刷株式会社
 ISBN978-4-04-884616-5 C0095